不器用騎士様は
記憶喪失の婚約者を逃がさない

第一章　ツンな彼女が記憶をなくしたら

『ヴィルヘルミーナ・シュルツが事故に遭って倒れた』

その知らせを聞いたルドガー・ダールベルクは、気づいたときには馬に跨ってシュルツ家に駆けつけていた。

幼馴染のヴィルヘルミーナは、普段ルドガーに対して当たりがキツい。控えめにいってもツンツンだ。先日、婚約を結んだというのに、ますます彼女の態度は悪くなっていた。

黙っていれば顔が整っていて美人なヴィルヘルミーナは、笑えばさらに美しい。けれど、ルドガーに向けるのは、蔑《さげす》んだ表情だとか、喧嘩腰で小言をくりかえす顔だとか、そういう小憎らしいものばかりである。以前はルドガーだって負けないくらい彼女に対する態度が悪かったのだから、おあいこだろう。

だというのに、そんなお世辞にも可愛いといえない婚約者の突然の知らせに、ルドガーはいてもたってもいられなかったのだ。

「ダールベルク様、いらっしゃったのですね」

息せき切って訪問したルドガーを出迎えたシュルツ家のメイドは、彼の様子に驚いた。

普段のルドガーは、騎士らしく服装がいつだって整っている。だというのに今はどうだろう。いつもはきちんとセットしている赤茶の髪は風に煽られて乱れており、余裕ありげな表情を作るはずの茶色の瞳は、今、焦燥に駆られて揺れていた。額には汗が浮かんでいたし、服だって緩んでいる。いつも身だしなみに気を使っている彼には考えられない荒れようだ。相当急いでここに来たことが一目瞭然だった。

「ミーナは、ヴィルヘルミーナはどうなんだ？」

「お会いになられたほうが早いと思います。旦那様からもダールベルク様がお見えになったら、お嬢様に会わせるようにと仰せつかっております。ご案内いたしますね」

「まさか、そんなに具合が悪いのか……？」

その質問に、メイドは曖昧に微笑んで答えなかった。屋敷の中を案内されて着いたのは、応接室などではない。あろうことか、ヴィルヘルミーナの寝室だった。

（ベッドから起きあがれないほど……？）

彼女の状況を想像して、つい生唾を呑みこむ。

「俺が、入っていいのか？」

「はい。まずはダールベルク様が今後のことをどうされたいのか、会って判断していただきたいとのことです。……驚かれるかもしれませんが……どうぞお入りください」

そう言われて、緊張の面持ちでルドガーは部屋に入る。

寝室のベッドには、寝間着姿の女性が一人きり。あけた窓のほうを向き、上半身を起こして座っていた。日の光が差しこんでいて、彼女――ヴィルヘルミーナのキャラメル色の髪が淡く美しく見える。風にそよぐカーテンを見つめてでもいるのか、ドアの入り口からは背を向けていて表情はわからない。しかし、ぱっと見大きな怪我などはないようだ。

（身体は起こせるのか）

少なくとも意識不明ではないとわかって、ルドガーはほっとする。

「お嬢様、ルドガー・ダールベルク様がいらっしゃいました」

メイドが声をかけると、小さく息を飲む音が部屋に響く。

「わたくしは失礼いたします。どうぞお二人でお話ください」

「あ、おい」

ぱたん、とドアを閉じて、部屋の中に二人きりにされてしまう。

先ほどまでヴィルヘルミーナの安否が気がかりで仕方なかった。なのにいざ目の前にすると、ルドガーは彼女になんと言葉をかけていいかわからない。ヴィルヘルミーナのほうも背を向けたまま黙っているので、部屋には気まずい沈黙が降りる。

それを先に破ったのは、ルドガーのほうだった。

「……案内されたとはいえ、寝室なんかに踏みこんで悪かった、ヴィルヘルミーナ。お前が元気そうなのがわかってよかった。お前もその格好じゃ気まずいだろう……日を改める。じゃあ、また」

そう一方的に告げて、ルドガーは踵を返す。その背に、「待ってください！」と声がかかり引き留められた。

「……待って、ください……」

ヴィルヘルミーナは同じ言葉をくりかえす。振り返ってみれば、彼女は顔を真っ赤にしてルドガーを見ていた。

「あの、ごめんなさい。緊張してしまって、うまく話せなくて……ルドガー、様。わたくし、記憶をなくしてしまったのです」

「……は？」

素っ頓狂な声が出た。

(記憶喪失？)

「落馬したという話をお聞きになられましたか？　わたくし、そのときに記憶をなくしてしまったそうなの。それで……自分のことを、全て忘れてしまって……」

恥ずかしそうに話すヴィルヘルミーナを、まじまじと見つめる。すると彼女はなぜだか目を伏せて顔をさらに赤くした。

(まさか、冗談だろう？)

「俺を、忘れた？」

「ごめんなさい……」

「俺たちが婚約してるってことも、忘れたのか？」

ルドガーの言葉に、ヴィルヘルミーナがぴくんと揺れる。そわそわと視線をさまよわせた彼女は、こくりと小さく頷いた。

「はい……本当に、ごめんなさい。でもルドガー様が婚約者なのは、知っています。それで、あの……初めてお会いしましたが、思ってたとおり素敵な方で嬉しいです」

「素敵……?」

「やだ、何言ってるのわたくし」

おうむ返しにくりかえしたのに対して、ぽそっと呟いた彼女は顔を覆ってしまう。顔から湯気でも出そうなほどに赤くして、耳まで真っ赤な彼女は羞恥に肩を震わせている。

(これがもし演技なら大したものだな。俺を褒めたりなんかして、からかって……どういうつもりだ?)

ルドガーは混乱するばかりだ。

そもそも、普段の彼女ならこんな反応ありえない。寝室にルドガーが入った時点で『淑女の寝室に入るとは何ごとですか!』と、盛大に小言を言ってくるところだろう。喋り方だって彼への呼び方だっておかしい。あまりにも、ルドガーの記憶にある彼女と違いすぎるのだ。

(まさか、俺との婚約がいやだからって、記憶がないふりをしているのか……?)

わずかに怒りが湧く。けれども、それ以上に失望が胸を衝いた。それを振り切るように、ルドガーはあえて、ふ、と笑みを浮かべる。

(……これがミーナの悪戯なら、俺だって乗ってやろうじゃないか)

部屋の入り口付近に立っていた彼はゆっくりとベッドに近づくと、許可も得ずにベッドの縁に腰かける。

「ル、ルドガー様……?」

「ああ、顔色はいいが、記憶以外は本当にどこもなんともないのか？」

するりと頬を撫でると、ぴくん、と身体を震わせたものの、彼女はされるがままだ。

（なんだ、普段通りならもう悪態をついてもおかしくないのに……我慢強いな？）

「は、はい……。わたくしはもう元気だって、何度も言ってますのに、みんながまだ寝ていろと……」

「そうか」

指を滑らせて、つぅっと首筋をなぞる。またもヴィルヘルミーナは震えて、物言いたげに緑の瞳をルドガーに向けた。なのに抵抗をしない。

「……残念だ。俺としたことを、全部忘れたんだな？　こんなことも」

ゆっくりと顔を近づけると、ヴィルヘルミーナはぎゅうっと目を瞑った。唇が触れるわずか手前で一瞬止まったが、彼女は動かない。そのまま唇を重ねると、ヴィルヘルミーナはそれでも無抵抗で耐えている。当然平手打ちが来るだろうと思ったのに。

（……なんだ？）

緊張で強張った下唇を、軽くついばんでやる。驚いたらしいヴィルヘルミーナが口を半開きにしたところに舌を差しこんだ。

「んんっ」

艶めかしい声が漏れて苦しそうなのに、その舌が拙いながらも懸命に絡ませようと、応じてきた。

（どういうことだ？）

ヴィルヘルミーナの口内を貪りながら、ルドガーは疑問符でいっぱいだ。けれど手は思考とは裏腹に、欲望に忠実になって彼女に触れている。

「ん、んぅ……」

徐々に力の抜けていくヴィルヘルミーナの身体を押し倒して、柔らかな胸に手をやる。夏の寝間着は生地が薄い。彼女の胸の中央を少しくすぐってやると、ぷっくり硬くなったのがすぐわかった。カリカリと指でこすって愛撫すれば、口を塞いでいる彼女の呼吸が荒くなる。

「ふ……、ぅん……っ」

（どこまで耐えるんだ……？　いや、このまま触っていてもいいのか？）

胸を弄っていた手を鎖骨に沿わせ、肌を撫でながら寝間着の内側へと侵入させようとする。だがそこまでだった。ヴィルヘルミーナの手が、ぐっとルドガーの肩を押す。

「あ、あの……ルドガー様。ん、ま、待って……」

「やはりいやか」

ぱっとルドガーが離れれば、ヴィルヘルミーナはきゅ、と彼の袖を小さく引っ張った。

「そうではなくて……すみません、あの……わたくし、覚えてなくて。その、記憶をなくしてからは初めてなので……き、緊張して。うまくできなかったらすみません」

伏し目がちに、自信なさそうな声で彼女が言う。震えているにもかかわらず、彼女はルドガーの服を離すことはしない。そうして意を決した様子でもう一度目線を合わせた。涙で潤んだ上目遣いが、なんとも愛らしくいじらしい。

（……これは、一体誰だ？）

姿形はルドガーの知るヴィルヘルミーナそのものだが、彼に見せる表情も言葉も、全てが記憶の仲の彼女とかけ離れている。

（本当に、記憶喪失なの、か……？）

「……悪かった」

袖をつまんでいる彼女の手にそっと触れて、ルドガーは顔を歪めた。

「お前が俺をからかっているんだと思って、試したんだ」

「と、おっしゃいますと……」

「口づけをしたのも、お前の身体に触れたのも、今が初めてだ」

「そう……なのですか？」

「知らない男に触れられて怖かっただろう。悪ふざけが過ぎた。……すまない」

頭を下げたルドガーに、ヴィルヘルミーナは戸惑ったように瞳を揺らす。しかし、やがて小さく息を吐くと、袖をつまんでいた手をするりと抜いて、上半身を起こした。

「顔を上げてください」

凛とした声がかかったが、ルドガーは「だが……」と顔を俯かせたままだ。

「悪かったとお思いなら、顔を上げてくださいと言っているのです」

もう一度きっぱりと言い放った声は、怒ったふうに感じられる。頬に添えられた彼女の手に促されて、ばつが悪く思いながらもルドガーは顔を上げた。

そのルドガーの唇に、ぐっと彼女のものが押しつけられた。

「ヴィル……」

「ん」

噛みつくように下手くそな口づけをもう一度してから、彼女は離れる。そうして顔を真っ赤にしながらも、得意げな表情の彼女がふふ、と笑った。その顔に、ルドガーは目を奪われる。

「嘘をついたお返しです。これでおあいこでしょう?」

「ああ……」

呆然としながらルドガーは呟く。

「ルドガー様?」

確かに、ヴィルヘルミーナには記憶がないのだろう。けれど、首を傾げたその仕草は、記憶を失う前と変わらない。それに、やられたらやられっぱなしではいない彼女の性格は変わっていないらしい。

「あの……気分を悪くされましたか……? 婚約しているだけの身分で、その、は、はしたなかったですね」

途端に顔を覆って恥ずかしがる彼女が、なんとも可愛らしい。

「いや……」

そっと彼女の手を外したルドガーは茶色の瞳を切なげに揺らして、ゆっくりと顔を近づける。

「もう一度、口づけても、いいか?」

低く問われた言葉に、ヴィルヘルミーナは小さく息を飲む。しかし、その答えは拒絶ではなかった。そっと頬の手が重なって、彼女の目が伏せられる。

「ん……」

柔らかに唇を重ねて、たどたどしく応じるヴィルヘルミーナを押し倒したい衝動を抑えながら、ルドガーは唇を離す。

「……お前には記憶がないんだろう。俺が、婚約者でいいのか？」

「はい。よろしくお願いします、ルドガー様」

頬を染めたヴィルヘルミーナが至近距離で柔らかく微笑んで、再び唇が重なる。

そうして、ツンな彼女が記憶をなくしたら、可愛らしい婚約者に大変身を遂げたのであった。

＊＊＊

ルドガーとヴィルヘルミーナの出会いといえば、第一印象からして最悪だった。

まだ物心つきたての頃、ルドガーは親に連れられてあるお茶会へと参加していた。夫人たちがお茶と会話を楽しむ間、子どもたちはガーデンで思い思いに遊ぶことになっている。そこに参加していたヴィルヘルミーナは、幼少時から美貌が際立っていた。その容姿ゆえだろう、自由時間に数人の男の子に囲まれて、彼女はいじられていた。幼い少年にありがちな、気になる女子をからかう、というものである。しかし数人がかりでからかわれたら、当人からしたら笑いごとではない。

そこに通りがかったのがルドガーだ。

「おい、お前ら」

物々しい雰囲気に、ルドガーが口出しをしようとしたその瞬間だった。ヴィルヘルミーナが動いた。

一番近くにいた少年をどんっと押したのだ。

「あなたたち、こんなことをして恥ずかしくないの？　女の子をいじめるなんて最低よ」

年のわりにしっかりとした口調で、ヴィルヘルミーナは彼らをはっきりと非難した。唖然として固まった少年たちを見ると、一転してにこっと笑ってみせる。その顔が凛として綺麗だった。

「ではごきげんよう」

囲まれていた輪をさっと抜けた彼女が、助けようと近づいていたルドガーに気づく。

「なんだ、顔に似合わずすげえ強いなお前。やるじゃん」

それは彼にとって純粋な賛辞だった。しかし、ヴィルヘルミーナの顔はみるみるうちに真っ赤に染まって、キッとルドガーを睨みつけたのだ。

「女の子に『強い』だなんて、失礼だわ」

憤然と言い放ったヴィルヘルミーナは、そのままルドガーの横を通り過ぎて去っていく。

「なんだあいつ……」

ぼやいたルドガーが彼女を目で追っていると、ヴィルヘルミーナは彼女の母親のところへまっすぐに行き、抱き着いて何ごとかを訴えていた。

よく見れば彼女の身体は震えていて、ヴィルヘルミーナが泣いているらしいことにやっと気づく。本当は彼女も怖かったのだろう。

「……変なやつ。怖いなら最初からそう言えばいいのに……」

それがルドガーとヴィルヘルミーナの出会いだった。

確かに第一印象は最悪だったのだ。だというのに、凛とした彼女の顔も、弱さを隠そうとするのも、なんだかルドガーは忘れられなかった。

その一度きりの邂逅で終わるはずだった二人は、なんとその後何度も顔を合わせることになった。たまたま意気投合した互いの母親が、たびたび子どもたちを連れてお茶会に参加したからだ。

だが、ルドガーとヴィルヘルミーナは母親たちのように仲良くなったわけではない。

確かにヴィルヘルミーナは可愛い。けれど、彼女からは褒め言葉に対して悪態をつかれているのだ。おかげで心象が最悪だったルドガーは、その後頻繁に彼女と口論をするようになった。そうして腐れ縁に近い幼馴染として二人は育ったのである。

ヴィルヘルミーナに対してだけはつい喧嘩腰になりがちだったルドガーだが、基本的に彼は人当たりがいい。おまけに顔の造作は悪くないどころか、ワイルドな美形に分類されるだろう。それゆえ、女性に大変モテた。

ご令嬢たちからきゃあきゃあ騒がれるのを如才《じょさい》なくあしらいつつも、ときには歯の浮くような賛辞を口にし、勘違いする女性を量産していた。幾人かは何度かデートをしただけだが付き合ったこともある。

とはいっても、ルドガーは女誑《たら》しなわけではない。自分が貴族である節度は守り、誰に対しても線引きはしっかりしていた。婚約者でもない相手と肉体関係を結ぶことはおろか、言い寄られても口づけの一つすらしていない。それは付き合っていた令嬢も同じだ。態度が柔和で誉め言葉も欠かさない。なのに決して手は出さない。おかげで、ルドガーはご令嬢方の間で憧れの紳士として常に噂の的だったのだ。

だが実をいえば、ルドガーには女性経験自体はある。

この国の男性は一般的に、伴侶がいようといなかろうと、娼館に通う風習があった。友人同士や仕事の同僚で連れ立って行くのが慣例である。ルドガーもまた、上司に連れられ、あるいは悪友に付き合わされて何度か娼館に行ったことがあるのだ。

「しかしお前、本当に娼館なんか来ていいわけ？　俺は連れができて助かるけど」

にやにやとしながらそう言ったのは、悪友のアロイスだ。その日は、アロイスに連れ出されて娼館へと行くところだった。ルドガーは娼館には興味がない。とはいえたまには悪友に付き合ってやらねば拗ねるだろう。ちなみに娼婦とベッドを共にするのは時間制だ。娼館にそのまま泊まる客もいるが、ルドガーたちは用が済んだあとはさっさと引きあげて少し酒を飲んで解散する予定である。

娼館に向かう途中での悪友の台詞に、ルドガーは片眉を上げた。

「俺を無理やり連れてきておいてどの口が言ってるんだ。というか、なんのことだ？」

「あ～あ～やだやだ。人のせいにしちゃってまあ。片思い拗《こじ》らせるのも大概にしとけよ。そのうち取り返しがつかなくなるぞ」

「だからなんの話をしてるんだお前は」

「またまた。とぼけるのもやめろよ。娼館で代わりの子を抱くくらいなら、本命に告白しろよってこと」

「俺に好きな女性はいないぞ」

眉間に皺を寄せて言い切ったルドガーに、ニヤニヤ笑いだったアロイスはぴたりとその笑みを納めた。

「マジか、お前」

まじまじとルドガーの顔を見つめてから、どうやら彼が本気で言っているらしいことを察したアロイスは溜め息を吐く。

「あのな、お前。今まで抱いたことのある子って、どんな子か覚えてるか？」

問われたルドガーは、少し思案する。娼婦を抱いた数はそう多くない。しかも特に馴染みの女性がいるわけでもないから、うろ覚えだ。

「確か……初めてのときは、金色……の髪だった気がする」

怪訝そうな顔をしながらもルドガーは律儀に答えていく。

「ああ、ちょっと暗めの色のな。じゃあその次の子は？」

「……緑の瞳が綺麗だったか……」

「うんうん、そうだな？　で？　その他の子は？」

「覚えてないな」

数人しか抱いていないとはいえ、さすがに忘れもしよう。何しろずいぶんと前だ。

「まあそうか。ちなみに栗色の髪の子だったんだけどな？」

「なんでお前は覚えてるんだよ」

「そりゃなあ……？」

ニマニマと笑うアロイスに、ルドガーは渋面を作る。

「じゃあさ、お前今まで付き合ったことのある子って覚えてるか？」

「失礼なやつだな。さすがにそれは覚えてる」

「……ハニーブロンドの子だったろ？」

アロイスが言えば、ルドガーはしっかりと頷く。

「そうだ」

「で？」

「なんだ？」

「その髪色以外の特徴、お前覚えてるか？　目の色とか、こう、喋り方とか。さっき教えてくれた娼婦の子でもいいんだけど」

「目の色は……緑、いや青だったような……喋り方は……普通のご令嬢だった」

「つまりうろ覚えってこと？」

アロイスの指摘に、ルドガーはウっと詰まる。それが答えだ。

「だよな～！」

訳知り顔でアロイスは首をうんうんと振って、またもニヤニヤ笑いに戻った。

「だからなんなんだ、さっきから」

「本当に気づいてねえのな。お前。暗い金色も栗色の髪も、緑の目も、誰かさんを思い出す色だろうが」

ずい、と指をさしたアロイスに、ルドガーは首を傾げかけて、はた、と止まった。

(まさか……いや、そんなはず)

「今まで告白を断らなかった子ってさあ、みーんな、髪の綺麗さとか目の可愛さで決めてたろ、お前。そんでもってみーんな、ヴィルへ……」

「わかった、もういい！」

叫んだルドガーの顔は真っ赤だ。

「は〜やだやだ、今まで無意識だったのかよ。いや〜拗《こじ》らせてんね。好きな子に重ねて他の女抱くとかないわ〜」

「言うな！」

頭をがしっとつかんで締めあげてやったが、アロイスはまだ黙らない。

「つーかお前がそんな取り乱したの初めて見たかも。お前、マジでヴィルヘルミーナちゃんのこと好きなんだな」

「アロイス、お前」

「で？　初恋をや一っと自覚したルドガーさんよ。お前これからどうすんの？」

余裕たっぷりの悪友の言葉に、ゆるゆるとルドガーの腕から力が抜ける。

(俺が？　ヴィルヘルミーナを、好き？　冗談だろう!?)

そうは思うものの、脳裏に浮かんだヴィルヘルミーナの笑顔で心臓が跳ねる。普段、女性と会話するときに頬を染めたことなどない。なのに彼女を好きかもしれないと思っただけで、ジワジワと顔に熱があがってきた。

(本当に……？)

疑ったところで、もう、彼女への想いを自覚してしまっている。

ルドガーは行為の最中に娼婦の髪を撫でて口づけたことがある。あれは栗色の髪の娼婦ではなかったか。それがヴィルヘルミーナを想ってのことだとしたら。

さっさと本人に想いを告げればよかったものを、無自覚に想い続けていたせいで、娼婦とはいえ他の女性をヴィルヘルミーナに重ねて抱いたことがあるだなんて、ずいぶんと最低な男ではないか。それが付き合いで渋々だったとしても、だ。

「……どうすればいいんだ？」

アロイスを離したかと思えば、次は自分の頭を抱えこんでルドガーは呻く。

「さあ？　素直に告白でもすればいいんじゃね？　俺の見たとこ……」

「あいつは俺が娼館に行ってたことも知ってるんだぞ。なのに、告白!?」

普通なら娼館に行くことは、非難されるようなことではない。だが、嫁入り前のヴィルヘルミーナはどうだろう。生真面目で潔癖な人の中には、一度の女遊びだって許さない者もいる。そして長い付き合いの中で見てきた彼女は、残念ながら生真面目で潔癖な女性だ。悪感情を持たれているに違いない。その見解はアロイスも同じなのだろう。彼は呆れた様子で笑った。

「はあ～？　お前そんなヘマしてんの？　ばっかだな～。まあ、初恋は実らないって言うし？　玉砕覚悟で行ってみれば？」

「できるわけがないだろう！」

叫んだルドガーに対して、アロイスはいつまでも笑っている。

「で、どうすんの？　今日。娼館行く？」

「行くと思うのか!?」

「だよなぁ～」

そうして無自覚の初恋を拗《こじ》らせに拗《こじ》らせた男はようやく自分の気持ちを自覚した。その頃何度かデートをしていた女性に対しても翌日にはきっぱりと別れを告げた。相手はルドガーの言葉をなかなか受け入れなかったものの、元々告白を受け入れて付き合っていたわけでもない。頼みこまれて仕方なくデートに応じていただけだ。結局、しぶしぶながらも相手は引き下がってくれた。


そんな彼の元に婚約の話が舞いこんだのは、それから数日後のことだった。

茶会仲間の母親たちは、とうとう自分の子どもたちを結婚させることにしたらしい。つまり、ルドガーとヴィルヘルミーナの婚約である。

近年では自由恋愛を経ての結婚も増えてきてはいるものの、貴族の婚姻といえば、やはり親が結婚相手を定めるのが主流である。一般的には親を含めたお見合いを経てから婚約にいたる。

ヴィルヘルミーナの生家であるシュルツ家は由緒正しい子爵家であり、ルドガーの生家であるダールベルク家は爵位持ちとしての歴史は浅いものの騎士を多く排出する男爵家として王の覚えもめでたい。家格的にも釣り合うし、家同士の結びつきにも丁度いい。何より母親同士がノリノリである。

もともと婚約させるつもりだったのか、それとも年頃になっても婚約者候補の一人も連れてこない子どもたちを心配したのかは定かではない。とにかく、唐突に二人のお見合いが決まったのだった。

シュルツ家に招待されたルドガーは緊張していた。想いを自覚してからヴィルヘルミーナに会うのは、今日が初めてである。いつもなら難なくコーディネートを決めて身支度を済ませるところだが、恋する乙女のように服を選ぶのに時間がかかってしまった。

「坊ちゃんでも婚約ともなれば、緊張なさるんですねえ」

着替えを手伝った従者にからかわれる。言い返してやりたくても、その通りなのでルドガーは顔を顰《しか》めることしかできなかった。

そして始まったお見合いは、『見合い』とは名ばかりの婚約お披露目会だった。シュルツ家のパーティーホールに足を踏み入れてみれば、やたらと人が多い。通常なら見合いにいるはずのない親族や知人などの招待客がいる。何ごとかと思っていると、説明される間もなく即刻ホール奥の壇上へと案内された。しかもすでにヴィルヘルミーナたちはその檀上で待ち構えている。その場で乾杯をして、挨拶をしたあとにはもう婚約誓約書への署名になった。そんな鮮やかにも手順をすっ飛ばした段取りのせいで、ルドガーはここに着いてからヴィルヘルミーナと言葉を交わしてさえいない。

（まだヴィルヘルミーナに告白もしてないのにな）

羽ペンを握らされながら苦々しくそう思う一方で、ちらりと隣を盗み見れば、美しく着飾ったヴィルヘルミーナがすぐそばにいて、ルドガーの気持ちは勝手に高揚してくる。

貞淑な彼女のことだ。胸元の開いたドレスは夜会の中でも特別な夜にしか着てこない。けれど、今夜の彼女は美しいうなじも肩も、そしてデコルテさえも惜しみなく晒したデザインのドレスを着ている。それだけ今日が彼女にとって特別なのだと思うと、ルドガーは嬉しかった。

だからというべきか、ルドガーはヴィルヘルミーナの様子に気づくのが一瞬遅れた。

「……ミーナ？」

署名の途中で、隣のヴィルヘルミーナが手を止めていた。そっと小さく呼びかけると、ぴくりと震えたヴィルヘルミーナは、きゅっと唇を引き結んで――けれど淑女として渋面は作らずに、平静を装って署名を再開した。呼びかけに、応えはない。

（……婚約が、いや……なのか）

ルドガーは冷や水をかけられたみたいに暗い気持ちになる。先ほどまで浮足立っていたのが嘘のようだ。手はしっかりと婚約誓約書への署名を書いていたが、その顔が笑えていたかどうか、ルドガーには自信がない。

「これで二人の婚約が成立したな。おめでとう、ヴィルヘルミーナ、ルドガー」

「おめでとう」

婚約誓約書を皆に示して、父親がそう宣言したのを合図に、集まっていた人たちから祝福の声がかけられる。

壇上から降りたあとにヴィルヘルミーナに話しかけようとしたが、集まっていた友人たちが寄ってきて、なかなかタイミングがない。

「まさかいきなり婚約とはな」

「お前とはもう夜遊びできないなあ」

「もともとそんなにしてないだろ……」

「おいおい、付き合いが悪くなっちまうのか？　独身の間にもっと遊べよ」

そうした軽口に気もそぞろにルドガーが答えながら、ちらちらとヴィルヘルミーナのほうを窺っていた。すると彼女は人の輪を抜けてテラスのほうへと向かっていった。

「悪い、少し席を外す」

すかさずそう断って彼女のあとを追いかけたルドガーは、テラスに佇むヴィルヘルミーナの後ろ姿を見つけて、小さく息を飲んだ。

ホールから漏れるわずかな光を浴びて、彼女の白いうなじと結いあげられたキャラメル色の髪が仄かに浮かびあがる。それは闇での薄明かりを彷彿とさせる暗さだった。

途端に、いつも綺麗に整った髪をほどいて、自分の下で乱れるヴィルヘルミーナの妄想が脳裏をよぎる。突きあげるたびに甘く喘いで、腰をくねらせながらよがる彼女。

もちろんそんな彼女の痴態を見たことなどない。

（何を考えてる、俺は。童貞の男か？）

唐突に劣情を催したことに一人で焦りながらも、静かに息を吐いて気持ちを整えると、ヴィルヘルミーナに近づきながらルドガーは声をかける。

「ヴィルヘルミーナ」

呼びかけにぴくんと肩を震わせたヴィルヘルミーナは、固い表情で振り向いた。

「今夜は……一段と、綺麗だな」

（クソ、なんだってこんな下手な言葉しか出てこないんだ⁉）

「ありがとうございます。……あなたの今日の装いも素敵ですね」

静かな声で、やけに他人行儀に返される。これはいつものヴィルヘルミーナの社交辞令だった。

もっとも、ルドガーの言葉だって同じだと思われているのだろう。挨拶時に相手を褒めるのは一種の礼儀みたいなものだし、特にルドガーは女性を褒める言葉を普段からよく口にする。

（お世辞だって、わかってても顔が緩むな）

「ミーナ」

小さい頃によく呼んでいた愛称をつい口にしたが、対するヴィルヘルミーナは眉間に皺を寄せた。

「……わたくし、あなたに愛称で呼ばれるほど親しくなかったと思うのだけれど。ダールベルク様？」

つん、と宣言されて、ルドガーははっとした。同じ台詞を、つい最近聞いたばかりだ。

「……そう、つれないことを言うなよ。俺たちは、婚約したんだからな」

幾分かぎこちない声音になってしまったのは仕方のないことだろう。ルドガーはかろうじて笑みを浮かべたが、対するヴィルヘルミーナは愛想笑いを納めた。

「あら。娼館に通うような殿方ですもの。お父様たちが決めたことでなければ、誰があなたみたいなふしだらな方と婚約なんて」

「……っ」

言い返す言葉がなかった。

『愛称で呼ばれるほど親しくない』

その台詞は先日、娼館帰りにヴィルヘルミーナと遭遇したときに言われたものだ。

(そうだったな)

初恋の自覚と、婚約の浮かれ気分ですっかり忘れていた。ルドガーがヴィルヘルミーナに最後に会ったのは、娼館に行ったことがバレたときだったのだ。印象がいいはずがない。たとえ『通う』というほどの頻度でなくても、そんなことは彼女には関係ないだろう。

そう思えば、いつもの口喧嘩と比べても、ヴィルヘルミーナの口調はずいぶんと棘がある。

「もう俺は娼館には行かない」

「あら。それはわたくしには関係のないお話なんでしょう？　別に弁解なんてしてくださらなくても結構ですわ」

「違う。お前だから言っておきたいんだ」

「付き合いに口を出すなとおっしゃった方が、どういう心変わりかしら？」

売り言葉に買い言葉でそんなことも言ったかもしれない。過去の自分が自分の首を締めている。

「……あのときの俺はどうかしていた」

ヴィルヘルミーナは何を思っているのか、答えない。

「婚約者のお前をないがしろになんかしない。ミーナ、これからはお前だけを見るから」

許しを請う台詞は、まるで浮気男の安っぽい口説き文句だ。ヴィルヘルミーナもそう感じたのだろう。

「どうして……」

ひどく傷ついた声を出して、ヴィルヘルミーナはくしゃりと顔を歪めた。そっとルドガーが手を伸ばすと、彼女は弾かれたようにあとずさる。

「そうやってあなたは女を誑《たぶら》かすんだわ！　あなたみたいな人と……わたくし、婚約したくなかった……！」

「ミーナ！」

ルドガーの伸ばした手をすり抜けて、ヴィルヘルミーナは会場へと戻って行ってしまった。そうしてヴィルヘルミーナとろくな会話をすることもできず、婚約式は終わった。

折悪く、その直後ルドガーは一カ月ほどの遠征を命じられた。そのせいでヴィルヘルミーナに弁解することも、アプローチをすることも叶わなかったのだ。ようやく帰ってきた彼の元に届いたのが、ヴィルヘルミーナが何日も前に倒れたという知らせだったのである。

第二章　一から始める『婚約者』のお付き合い

記憶をなくしたというヴィルヘルミーナとの婚約は、継続されることになった。

今の彼女はルドガーへの態度が従順でふわふわ、可愛らしさの塊だ。別人に生まれ変わったかのようなヴィルヘルミーナについて、いまだルドガーは理解が追いついていない。

とはいえ、これはチャンスである。

(あいつが俺を忘れていても、口説き直して結婚すればいい)

幸い婚約は有効だし、よほどのことがなければ破談になどならない。理由はわからないが、今のヴィルヘルミーナはルドガーに好意的で、願ったり叶ったりである。

そして今日はそのアプローチの第一歩だ。ルドガーはヴィルヘルミーナとデートに行く予定である。先日見舞いに行った帰りに誘っておいたのはお手柄だろう。

シュルツ家には改めて婚約を確固たるものにしたい旨を伝えてある。そのうえで、もう一度二人の仲を深めていきたいと申し出ておいた。落馬以降はずっと家に軟禁状態だったヴィルヘルミーナも、婚約者の誘いならばと外出の許可が出たらしく、二人きりのデートの手筈は整った。

目標を定めて余裕が出来てしまえば、ルドガーの行動は実に抜かりがない。付き合いが悪いわりに女性のあしらいに長けていると友人達に言われるだけのことはあるのだ。

「今日は新しいドレスだな」

馬車でヴィルヘルミーナの屋敷へと迎えに行き、二人で街へと移動する間に、ルドガーはそう声をかけた。

「よくわかりましたね」

「ああ。その色は初めて見るが……まさか俺に合わせて仕立ててくれたのか？」

尋ねられたヴィルヘルミーナが身にまとうのは、落ち着いたワインレッドのドレスだ。装飾として赤茶の刺繍が施されている。同じ色合いであるルドガーの髪色を意識したとしか思えなかった。

指摘されたヴィルヘルミーナは頬を染めてわずかに頷く。

「変、でしょうか……？」

「いいや、よく似合っている。俺を想ってあつらえたなんて、嬉しくて顔が緩んでしまうな」

「あ、ありがとうございます……」

はにかんだヴィルヘルミーナが可愛い。衝動的に抱き寄せて唇を奪いたくなってしまう。

(落ち着け。そんなことしたことないだろう)

まだデートは始まったばかりだ。こらえたルドガーは表面的には余裕の表情を作ってヴィルヘルミーナに笑いかける。こんなふうにデートの相手に劣情を催すなど、ヴィルヘルミーナが初めてだ。つまりはわかりやすいほどに彼女だけを見ていたということだろう。喧嘩ばかりしていたとはいえ、今までよくも気持ちを自覚しなかったものである。

（しかし、こんな手のこんだドレス、いつの間に仕立てたんだ？）

ふと浮かんだその疑問は、次の瞬間にかき消えた。

「きゃあっ」

がたん、と馬車が大きく揺れて、ヴィルヘルミーナが前に倒れこんでくる。それをとっさに支えて、ルドガーはしっかりと彼女を抱きこんだ。

「大丈夫か？」

「は、はい……何があったんでしょう？」

抱きしめられているせいか、それとも今の事故のせいか、顔の赤いヴィルヘルミーナはしどろもどろだ。だが、一方のルドガーは騎士の意識に切り替わって、先ほどとは打って変わって照れなど消え失せている。何か事件があったのかと緊張を走らせながら、彼女を守るためにより強く抱きしめた。

やがてこんこん、と窓が叩かれたかと思うと、外から声をかけられる。

「坊ちゃん、すみません」

話しかけてきたのは御者をしていた従者だった。ずいぶん焦った様子だ。

「どうした」

「急に脱輪してしまいまして。これ以上馬車を走らせられそうにありません」

「そうか。今はどの辺りだ？」

さっとカーテンをあけて、ルドガーは辺りを見回す。念のため周囲を警戒したが、特に危険はなさそうだった。

「街まであと歩いて二十分てとこですね。どうされますか？」

「では馬車を降りることにしよう。馬車の始末は任せられるか？」

「もちろんです。……坊ちゃん、こんな日にすみません……」

初めてのデートという大切な日に、という意味だ。困り顔の従者に、ルドガーは笑う。

「そんなのお前のせいじゃないだろう。街についたら、迎えをよこすよう連絡をとるから、悪いがそれまで頑張ってくれ」

「ありがとうございます」

「ああ」

今後の方針を立て終わったルドガーは、ヴィルヘルミーナに目線を移す。

「というわけで、ミーナ。すまないが、少し歩いてくれるか？」

「は、はい。それ、は構わないのですが……」

真っ赤な顔のヴィルヘルミーナは声が尻すぼみに小さくなっていき、耐えきれなくなったのか、俯き気味になって目を伏せた。

「どうした？」

「ち、近すぎます」

さらに俯いたヴィルヘルミーナの顔が、ぽす、と意図せずしてルドガーの胸に着地した。途端に、どっとルドガーの心臓が跳ねる。

「……っすまない」

ぱっと両手を上げて、ルドガーは即座に謝り身体を離した。

(女性を抱きしめるのなんて、別に初めてでもないのに……)

「大丈夫、です……」

照れて頬を染めた伏し目がちの彼女に、劣情が煽られる。

ルドガーは今まで、秋波を送ってしなだれかかってくる令嬢を幾度となくあしらってきた。はしたなくも胸を押しつけてアピールしてきた令嬢だっている。そのことごとくを冷静に対処してきたというのに、ヴィルヘルミーナのそんな仕草だけで、ルドガーの下半身が疼きを覚える。

(俺はガキにでもなったのか!?)

疼きを無視して立ちあがると、ルドガーは意識的に笑みを浮かべる。そうしてヴィルヘルミーナにエスコートの手を差し出しながら、「行こう」と告げた。

馬車を降りた先は、開けた平野である。すでに視界に街が映っているが、まだ徒歩二十分はかかる。一本道で途中に立ち寄れそうな場所はないが、二人で並んで歩く散歩は存外悪くない。

「晴れていてよかったですね」

「ああ。ミーナ、二十分とはいえ、お前には堪えるだろう。疲れたらすぐに言ってくれ」

「わかりました、ありがとうございます」

エスコートのために腕を組んで歩くヴィルヘルミーナもまた、ご機嫌だった。

「あ、あそこにちょうちょが飛んでいます。綺麗ですね」

「ああ。お前は記憶をなくす前からあの蝶が好きだな」

ルドガーが頷くと、ぱっとヴィルヘルミーナは顔を輝かせる。

「わたくしの好きな物を覚えてくださっていて、嬉しいです」

彼女に言われてルドガーは気づく。

「ああ……そうだな。多分、お前のことを、俺はなんでも覚えているんだ。いつも、いつの間にかお前を見ていたからな」

お茶会に行ったときも、夜会で会ったときも。傍にいないときにも、いつも無意識に彼女を目で追っていた。

恋というのは自覚した途端に加速する病だ。今さらになって過去の自分の行動一つ一つに思いいたって、ルドガーは恥ずかしくなる。けれどそれは彼だけではなかった。

「あ、あの、嬉しいですが……恥ずかしいです」

ぷしゅう、と湯気をあげそうな顔のヴィルヘルミーナが片手で頬を抑える。

「悪いな。どうやら俺はお前のことが好きで好きでたまらないらしい」

「そ、うですか……」

羞恥のキャパシティを越えたのだろう。組んだ腕をガチガチにさせて、その後のヴィルヘルミーナは、何を話しかけてもふわふわと上の空だった。

（可愛いな……）

そんな彼女を幸せな気持ちで見つめながら、ルドガーは歩く。

無自覚だった気持ちが溢れて口に乗れば、それを素直にヴィルヘルミーナが受け止めてくれる。なんともいえない幸福だった。にこにこと話す彼女がただただ愛おしくて、他愛のない会話一つ一つに舞いあがる。

だからつい、失念してしまったのだろう。普段から騎士として肉体を鍛えているルドガーと違って、ヴィルヘルミーナが普段、長距離移動などしない貴族令嬢であることを。

多幸感に包まれたままの二人は、街についてまず宿屋に足を向けた。宿屋には伝令のサービスをしている馬を繋いでいることが多いからだ。

自宅への連絡をことづけている間、ヴィルヘルミーナはルドガーの後ろで立ったまま待っていた。ところが、彼女は笑顔を崩さないまま、顔色だけがどんどん悪くなっていく。

「ヴィルヘルミーナ、待たせた……どうした？」

「すみません……浮かれて歩いていたら、足を痛めたみたいで……」

「なに⁉　いや、すまない。俺が気づくべきだった」

散歩中のふわふわとした気分で誤魔化されていたが、街についてルドガーと身体が離れたことで幸福感によるドーピング状態が切れ、痛みが一気に襲ってきたのだろう。

（歩き始めには覚えてたってのに……！）

後悔しても遅い。

「少しここで休んでいこう」

「でも、せっかくのお出かけが」

「お前が苦しいのに、楽しんでなんかいられないだろうが」

そう言って、ルドガーはさっと宿屋の受付に戻ると、部屋を借りる手続きをする。ついでに包帯と洗面器に汲んだ水も運ぶように手配した。

「すまない、少し我慢してくれ」

「えっ？　……っ！」

ルドガーはヴィルヘルミーナを抱きあげると、受付奥の階段を上がって借りた部屋に入る。後ろから洗面器などを持ってきてくれていた下女は、テーブルにそれらを置いてすぐに去って行った。

「足を見せてくれ。痛いなら血が出てるかもしれない」

ベッドに彼女を腰かけさせる形に下ろして、ルドガーはその足もとに跪く。

「あ、あのルドガー様……！」

ヴィルヘルミーナの足首にルドガーの手が触れたところで、彼女が悲鳴のような声をあげる。

「触れるだけで痛むほどなのか？」

「い、いえ」

「我慢しなくていい。早く診たほうがいいな」

するっとスカートをたくしあげて、ルドガーは遠慮の欠片もなく彼女の靴を脱がせた。白く滑らかな足が、靴の形に添って痛々しく赤く腫れている。

「……かなり痛かっただろう。医者に診せるほどじゃないが、すぐ処置しよう」

一番の痛みの原因は、腫れたせいで靴の締めつけが強くなっていたことらしい。脱いだことで幾分か楽になっていそうである。

「ルドガー様！」

指先で足をなぞりながら検分するルドガーに、ヴィルヘルミーナはこらえきれなくなったように再び叫ぶ。

「どうした？」

「足を触られるのは、恥ずかしいです……！」

そう言われて初めて、ルドガーははっとする。足の痛みをどうにかしてやらねばと必死だったが、彼女の訴えはもっともだ。本来女性の足首など、身の回りの世話をするメイドを除けば、触れることを許されるのは夫だけだ。太ももどころか、ふくらはぎだって異性に見せるのはとんでもなく破廉恥なのに。

「す、すまない！　だが、包帯は巻かせてくれ。このままでは痛々しくて気が休まらない」

慌てて謝ったが、それだけは譲れなかった。じっと見つめて返事を待てば、ヴィルヘルミーナは迷ったようにそわそわと視線をさまよわせた。けれども結局は小さく頷く。

「……わかり、ました……。でも、あまり見ないでください……」

「わかった」

請け負ったルドガーは、用意された洗面器に彼女の足を浸して、丁寧にじっくりと足を洗う。赤くなっているから無理にこすると痛みが増すだろうという配慮だが、ヴィルヘルミーナにはある種の拷問である。

「……っ」

羞恥のせいか、顔を赤くしたヴィルヘルミーナは小さく息を吐きながら、ルドガーの手元を凝視していた。

その間も、ルドガーは慎重な手つきで彼女の足を清めていく。おまけに指の間も入念になぞる。水で冷やされることでずいぶん楽になったのか、少し赤みがひいてきた。それに気づいたルドガーは、彼女の足をより丁寧に撫で洗う。

「……んっ」

押し殺した吐息が、ちゃぷちゃぷという水音と共に静かな部屋に響く。

「ふ……ぅ」

これはヴィルヘルミーナが漏らす音だ。それが聞こえてはいたが、ルドガーは無言で彼女の足を丁寧に洗いあげ、拭いたあとに包帯をきっちりと巻きつける。両足の処置を終えたルドガーが見上げると、そこには案の定、恍惚とした表情で顔を緩ませたヴィルヘルミーナがいた。

「る、どがー、さま……」

艶を帯びた声音で、名前を呼ばれる。半開きになった口が切なげで、ルドガーを見つめる目は潤んでいる。

彼女のその様子だけで、ルドガーの中のスイッチを入れるには充分だった。

包帯を巻き終わった足から、彼は手を離さないでいる。

「くすぐったかったか？」

「……っ⁉」

包帯の巻かれていない部分に、するっと手をつたわせてふくらはぎに触れる。柔らかく丸みを帯びた素足は滑らかで触り心地がいい。

「あ、あの……はい、くすぐったい、ので……もう……」

赤い顔のまま、ヴィルヘルミーナは震えている。けれど足を引っこめて無理に外そうとしないのがいじらしい。

「そうか？」

脛に顔を寄せ、ちゅう、とわざと音をたてて唇を落とす。性的な快感に乏しい接触だが、素足を触れられている羞恥と、いやらしいことをされているという認識のせいで、ヴィルヘルミーナを興奮させるのだろう。もう一度リップ音をたてると、彼女の口からはまた小さく声が漏れた。

「お前は可愛いな」

足に触れた手をそのままに、ルドガーは立ちあがりながら脛から太ももへと這わせていく。ぎっと音をたてて片膝をベッドに乗りあげれば、ヴィルヘルミーナはルドガーを黙ったまま見上げた。

「キスをしても、いいか？」

スカートの中に潜りこませたままの手で、太ももを撫でる。けれど鼠径部へは向かわずにただ同じ場所を焦らすように撫でながら、ルドガーはヴィルヘルミーナの顔を覗きこんだ。

「どうして……わざわざ聞くんですか？」

ベッドに下ろしたままの両の手が、きゅっとシーツを握って、彼女の緊張を伝える。

「この間は無理に奪ったからな。ミーナの許しが欲しい。いやか？」

「そんな聞き方は、ずるいです……」

はあ、と小さく息を吐いたヴィルヘルミーナは潤んだ瞳でルドガーに手を伸ばした。そうして遠慮がちに頬に触れると拗ねたふうに瞼を伏せる。

「早く、口づけをしてください」

「ああ」

答えると同時に半開きになった唇を奪って、舌をすぐに挿入する。今日のヴィルヘルミーナはルドガーにされるばかりではない。彼の舌に応えるどころか積極的に絡ませてきた。

「ん、ん……」

軽く唇を触れあわせるだけの口づけなど最初から知らなかったかのごとく、深く吸って二人で貪りあう。ルドガーが太ももをすりすりと撫でれば、ヴィルヘルミーナはどんどんと息が荒くなっていった。

初デートで行為に及ぶなど、実に手の早い男だ。

深い口づけに、いやらしい撫で方。彼がこの先に何をしようとしているのかなんて、いくら彼女が記憶喪失といえど、さすがにわかっているだろう。だというのに、絶対にルドガーの手をどけようとはしない。積極的に口づけに応じ、ルドガーの頬に触れていた手を、誘うかのように首へと回す。

（これを我慢しろなんて、無理だろう）

そのままヴィルヘルミーナをベッドに押し倒した。先日会ったときに着ていた寝間着と異なり、コルセットをした服は胸を愛撫しづらい。その代わりに太ももに添えた手を内ももに滑らせた。秘部に近い場所だ。緊張を覚えて当然の場所への接触は拒否されても仕方ない。しかし、予想に反してヴィルヘルミーナは腰を揺らしてわずかに股を開いた。

「ん、るど、がーさま」

「ミーナ、触っていいか？」

少しだけつけ根に手を近づけてドロワーズの内側に指を入れれば、ヴィルヘルミーナはぴくんと身体を震わせたものの、小さくこくりと頷く。

「ルドガー様に……お任せします」

「……ああ」

努めて冷静に答えたが、ルドガーのズボンはすでに硬いもので押しあげられている。けれど興奮する心とは裏腹に、手は実に手際のいい動きをした。ドロワーズの結びを解いて緩め、お腹のほうから内側へと侵入する。滑らかな下腹をつたって、下生えのさらに先へと指を潜りこませる。掌全体で割れ目を包みこむように触れれば、そこはすでにしっとりと濡れていた。

「怖くないか？」

「あ、あの……ぁっ」

花弁を挟みながら揉むと、ヴィルヘルミーナは控えめに甘い声をあげた。

「こ、わくない、で……ぁっあ、でも、なん、か……んんっ」

「この奥のほうがせつないか？」

揉みこんでいた指を一本だけ、割れ目に添ってぐっと押しつける。

「ふぁっ⁉」

濡れ始めているそこは、花弁をゆっくりと開いて初めての異物を少しずつ呑みこんでいく。けれど、蜜壷の内部までは侵入させない。ルドガーは筋に沿って、蜜の通り道ができるように指を前後させ始める。

「む、ずむず、します……っあっあぁぁっ⁉」

ちゅくちゅくと音がたち、滑りもどんどんよくなっていく。溢れた愛液をすくうと、ルドガーは肉の芽にそれを塗りこんだ。

「なに、なんですか？　あっやっそれ、ふ、ぁあっ」

にゅくにゅくと蜜を絡めてこすってやれば、ヴィルヘルミーナの口からとめどなく嬌声が漏れる。快楽に耐えかねているのか、力がこもった太ももでルドガーの手が挟みこまれるが、そんなことで彼の手が止められるはずもない。

「少し声が大きいな」

「んっふ、ふ、ぅんん」

よがり声を口で塞がれても、こらえきれない甘い吐息が漏れる。その間もルドガーの指はヴィルヘルミーナの秘部を虐めているから、抑えろというほうが難しいだろう。

ヴィルヘルミーナは肉芽が擦られる快感に集中していて、ルドガーの指が一本、溝をつたってぬるりと内側へと侵入したのに気づかなかったらしい。産まれて初めて暴かれたであろうその場所に触れられたのに、彼女は初め無反応だった。

彼女が感じているのは嬌声を聞くまでもなくルドガーに筒抜けだ。滑りこませた指が締めつけられる。その肉のうねりが彼に気持ちいいとしきりに伝えてくる。

狭い穴は、たっぷりと溢れた愛液で懸命にルドガーの指を包みこむ。入り口からすぐの浅いところ、ごつごつとした内壁をルドガーの指が、ぐっと押した。

「んんんんん……っ!?」

あまりの驚きにか、ルドガーの舌を軽く噛んだヴィルヘルミーナが助けを請うように服をつかんできた。けれど、ルドガーは蜜壺と肉芽を責めるのを止めない。代わりに彼女の口を離してやった。

「る、どがー、さ、あ、るど、ああぁぁ」

懇願する甘い声がルドガーを呼ぶ。きゅうきゅうとルドガーの指を締めつけて、初めての絶頂が近いことを告げている。唇を唾液で汚し、目を潤ませ喘ぐヴィルヘルミーナは実に煽情的で、これ以上ルドガーはズボンの中に凶器を隠しておけそうにない。

(クソ、中に挿《い》れたいな)

心中で毒づきながらルドガーは、ヴィルヘルミーナに軽く口づけて、彼女の秘部から指を抜いた。

「……るど、がーさま……?」

突然止まった愛撫に、ヴィルヘルミーナは事態が理解できない様子で、とろんとした目をルドガーに向ける。

「すまない。もう少し、させてくれ」

「は、い……？」

わけがわからないながらも、ヴィルヘルミーナは絶対に拒絶をしない。その態度がまたルドガーの下半身を疼かせた。彼女を激しく突きあげたい。そんな衝動が獣のように湧きあがったが、奥歯を噛みしめて抑えこみ、ルドガーは自身のズボンを緩めた。少しずりおろしてやれば、解放された肉棒がぶるりと震えて天を衝く。

「……っ」

目を丸くしたヴィルヘルミーナが、その男根を凝視している。グロテスクに怒張したそれを今から挿入されるのだと察したのか、急に不安そうな顔になった。

「安心しろ。今日は、最後まではしない」

(避妊の準備がないからな)

言いながら、ルドガーはヴィルヘルミーナのドロワーズをずるりと脱がしてしまう。さらに彼女の股を大きく広げると、自身の竿を割れ目に乗せた。

「あっ」

男根の熱さに驚いたのだろう、ヴィルヘルミーナが小さく漏らす。だが、その熱を感じているのはルドガーも同じだ。本当は今すぐにでも熟れた蜜壺に肉杭を潜りこませたい。欲望を堪えながら彼女の太ももを抱えて閉じさせ、ルドガーは自身を彼女の柔らかな花弁と足とで挟みこんだ。

「怖いか？」

「……すこし、だけ……」

「痛いことはしない。気持ちいいのだけ感じろ」

「……はい」

こくりと小さく頷いた彼女に、ルドガーは喉を鳴らす。余裕ぶっているが、もうこれ以上は待てない。

「動くぞ」

返事を待たずに、ルドガーの腰はもう動き出している。ずりゅっと股を肉棒が滑った途端に、ヴィルヘルミーナは悲鳴に似た声をあげた。

「あぁっ⁉」

にゅちにゅちと割れ目の花弁をこじあけるように、そしてその先の肉芽に先端を引っかけて嬲るように。腰を前後させるたびに、ヴィルヘルミーナの嬌声は大きくなっていく。けれど、今のルドガーには、それを唇で塞ぐほどの余裕はなかった。

(なんでこんなに気持ちいいんだよ……⁉)

情事は初めてではない。かといって熟練しているわけでもないが、過去の経験からいって、達するのが特別に早いわけでもなかったはずだ。それなのに。

「るど、が……さまぁあっ、あっあっおか、しくな、あああ」

ヴィルヘルミーナの声が、表情が、いじらしい態度全てが、どうしようもなくルドガーを昂らせる。自然と腰の動きは早くなり、肉がぶつかり合う破裂音をたてるほどに抽送は早くなった。

「ミーナ、ミーナ、くそっ、ミーナ……！　そろそろ……」

「るど、がさ、あんっ、あっあっあ……っなん、か、へん、です」

次第にヴィルヘルミーナの太ももにこもる力が強くなり、彼女は足先をピンとしならせ始める。

「ミーナ……！」

「……あぁぁぁぁあ……っ！」

ヴィルヘルミーナが一際甲高い声をあげたのと、ルドガーが肉棒をびくびくと震わせたのは、ほとんど同時だった。かくかくと足を震わせたヴィルヘルミーナの股の間に、たっぷりの熱い白濁が零れ落ちる。

二人して静止したまましばらく荒い呼吸をしていたが、先に動いたのはルドガーのほうだった。ゆっくりとヴィルヘルミーナの足を解放して下ろし、彼女の横に腰かけて様子を窺う。火照った顔の彼女は喘ぎすぎて疲れたのか、ぼんやりとしたままだ。

「……大丈夫か？」

頬に手を添えて問えば、ヴィルヘルミーナは目を細めて、うっとりとするように微笑んだ。

「だい、じょうぶ……です。ルドガー、さまは……？」

彼女はルドガーの手に嬉しそうに頬ずりして見上げてくる。

「ああ、大丈夫だ」

「よかった。……その、そこは……終わると、しぼむんですね……？」

ちらりとヴィルヘルミーナが目を向けた先には、男根がある。

「あ、ああ。すまない」

ぎょっとしてルドガーがズボンを弄る。まだぼんやりしているのか、ヴィルヘルミーナは黙ったまま彼の挙動を見守っていた。彼の下半身を見つめる目線は潤んでいて、わずかに開いた濡れた唇は小さく吐息を漏らす。それがなんとも色っぽい。

そんな彼女の吐息に、しぼんだはずの下半身が、ずくりと熱を訴えた。

(なんなんだ……!?)

以前娼婦を抱いたときには、一度シてしまえば性欲は冷めきってしまっていた。だというのに、ただヴィルヘルミーナが荒く呼吸をしているというだけで、ルドガーはこうも焚きつけられる。

しかしその様子を見られまいと、ルドガーはとっさに彼女から下半身を隠した。何しろ初めてのデートで足を痛めさせるという失態をおかしただけでなく、ろくろくデートを楽しむ前に彼女の身体で気持ちよくなってしまったのだ。自分を知ってもらうだとかそういった彼女を口説くためのステップを飛び越えまくっているのに、これ以上やらかすわけにはいかない。

「その……急に触れて悪かった。怖かっただろう」

「いいえ、気持ちよかったです」

ふふ、と笑いをこぼしたヴィルヘルミーナは、次の瞬間に顔を真っ赤にした。恥ずかしいことを言ってしまったと思ったのだろう。

「……あまり、そういう可愛いことを言わないでくれるか」

「え？　……あ」

再びズボンを押しあげているものに気づいたヴィルヘルミーナは焦ったような声をあげる。けれど、おずおずとルドガーの服の袖をつまむと、上目遣いで彼を見つめる。

「もう一度……しますか？」

「………ミーナ」

深い溜め息を吐いて、ルドガーは頭を抱えた。下半身は、やたらとずきずき欲望を訴えてくる。可愛らしくもいやらしすぎる気遣いに、ルドガーが理性を働かせるのは無理な相談であった。挿入はしない。けれど、ヴィルヘルミーナの身体を暴いて、存分に堪能したのは仕方のないことだろう。

＊＊＊

今日は婚約者であるルドガーとの、初めてのデートだった。ルドガーに送られて帰ってきたヴィルヘルミーナは、実にふわふわとして浮かれていた。しかし、家に着いてルドガーとの別れ際にその様子は一転した。

「今日は色々と無理をさせてすまなかった」

ほんのりと耳を赤く染めたルドガーが、小さくつぶやいたこの一言のせいだ。おかげで彼が帰るなり、ヴィルヘルミーナは自室に閉じこもってしまった。ベッドに倒れこみ、羞恥に悶絶していたのである。

結局あのあと、ドレスこそ脱がされなかったものの、ヴィルヘルミーナは何度も愛撫でイかされた。甲高い声をあげて腰をくねらせ、ルドガーの指先に翻弄された。そうして散々啼かされたあとに、再び股に肉棒をこすりつけられてルドガーが果てるまで行為を続けたのだ。もちろん挿入には至っていない。下腹を汚した白濁も彼が拭きとり清めてくれた。だから一線は越えていないし、情事の痕跡もない。とはいえ、あれが実にいやらしかったことは間違いないだろう。自身の記憶がなくとも常識は覚えているヴィルヘルミーナにはわかる。

婚約者同士ならば肉体関係を結ぶことも珍しくはないが、見舞いに来てくれたときがファーストキスだったというのに、これではステップを飛び越えすぎではないか。

しかも、長らくいちゃいちゃしていたせいで、身体を清め終わる頃にはもう帰る時間だった。つまり、街についてからはえっちしかしていないのである。

（はしたない……！　わたくし、なんてはしたないことをしたのかしら……！）

枕に顔を押しつけて、ヴィルヘルミーナは言葉にならない呻き声をあげる。

（いくらルドガー様から触れられたからって、二回目のお誘いをするなんて！　尻軽な女だと思われたかしら⁉　せっかくのお出かけでしたのに、しかも二人きりの！　なのに、なのになのに、ああああ。ルドガー様……）

恥ずかしさで悶えているのに、彼の顔を思い浮かべると、きゅん、と胸が高鳴る。

（ルドガー様、優しかったわ……それにたくましくて……）

馬車で抱き寄せられたときも、道中エスコートで手を引いてもらったときも、そして宿屋で手当してくれたときも、もちろん行為の間も。ヴィルヘルミーナはずっとどきどきしっぱなしだった。

ヴィルヘルミーナが記憶をなくしてから彼に会うのは、今日で二度目である。だというのに、彼を思うだけでこんなにも胸を高鳴らせてしまうのには、わけがあった。

＊＊＊

記憶をなくす前のヴィルヘルミーナがルドガーに初めて出会ったのは、忘れもしない、お茶会で他の少年たちにからかわれたときのことだった。

「なよなよして、よわっちいな」
「お前どうせ一人なんだろ？　仲間に入れてやらないこともねえぞ」

口々に声をかける少年たちにヴィルヘルミーナは口を尖らせる。少し不機嫌そうな表情だって、顔の整った彼女がすれば愛らしいものであった。実のところ少年たちは可愛いヴィルヘルミーナに興味津々で、ちょっかいをかけているのだ。だが、彼女には少年たちの事情などわからない。

男の子というのはいつもヴィルヘルミーナの見た目をからかって、そしていやな言葉をかけてくる。しかも、弱くなんかない——と彼女は自分で思っている——のに絶対に弱虫扱いをされる。それがいやだったから、彼女は気を張らざるを得なかった。このときも、一番近くから腕を伸ばしてきた少年を、どんっと押して対抗する。

「あなたたち、こんなことをして恥ずかしくないの？　女の子をいじめるなんて最低よ」
「おい、お前ら」

近くで誰かの声が聞こえた気がしたが、そのままヴィルヘルミーナはにっこりと笑んで、唖然とした少年たちに「ではごきげんよう」と言い捨てて通り過ぎた。

そこで、目を丸くして彼女を見ているルドガーに気づいた。またからかわれるのかと思って無視してヴィルヘルミーナは歩いていこうとする。しかし、やがて目を輝かせたルドガーが屈託なく笑ったのに驚いた。

「なんだ、顔に似合わずすげえ強いなお前。やるじゃん」

（……すごく、強い？）

それはよわっちいと馬鹿にされてきたヴィルヘルミーナからすれば、理解が追いつかずに硬直してしまうくらいの賛辞だった。初めて自分の思っている通りに褒めてもらえた。その喜びに頬がかあっと熱くなって、胸がいっぱいになる。

けれど、次に口から飛び出したのは、真逆の言葉だった。

「女の子に『強い』だなんて、失礼だわ」

つん、とそっぽを向いてヴィルヘルミーナはルドガーに言い放つと、そのまま横を通り過ぎて行く。男の子たちからは、からかわれるのが常だった。おかげでとっさに素直なお礼が言えなかったのだ。

（せっかく褒めてくれたのに、ちゃんとお礼も言えなかった……！　きっとあの子は助けてくれようとしたのに……！）

それが情けなくて、母親のところに行ったヴィルヘルミーナは、柄にもなく泣きじゃくってしまい母親にずいぶんと慰められることになった。

(……もう一回会えたら、ちゃんと『ありがとう』って言えるのに)

初めて自分のことを褒めてくれた男の子のことを思い浮かべるたびに、ヴィルヘルミーナの心は落ち着かない。平たく言えば、初恋である。

それから偶然というべきか、ヴィルヘルミーナの母親はルドガーの母親と仲良くなった。あるいは娘の初恋に対して気を利かせたのかもしれない。とにかく、母親たちのおかげでヴィルヘルミーナたちも頻繁に顔を合わせることになった。それなのに。

「助けてくれなくたって大丈夫だったわ!」

「へーえ?」

「失礼ね!」

ルドガーを目の前にしたら、お礼どころか憎まれ口を叩いていた。

(どうしてこんなことばっかり言っちゃうの……!?)

他の子たちにからかわれるのを何度助けてもらっても、本音は全て喉元につっかえて出てこない。

そんなことをくりかえして月日は過ぎていく。

その後、ヴィルヘルミーナは淑女教育の賜物で、礼儀正しくも慎ましやかな女性に育った。にもかかわらず、昔からの癖でルドガーに対してだけは可愛くない言葉ばかり吐いてしまう。口喧嘩をすることはあっても、会うときには必ず笑いかけてくれて、優しくしてくれるルドガーにますます惚れていくというのに。

本当は大好きなのに、素直になれない。

そんな苦しさを発散するように、彼女は日々、日記をつけた。

嬉しかったこと、楽しかったことだけを恋心と共に日記帳に閉じこめて、いやだったことは心に留めて教訓にする。中でもルドガーにまつわることについては、嬉しいことを針小棒大に書くことにした。ルドガーに言われた社交辞令だって彼女の日記にかかれば熱烈な口説き文句だ。

ヴィルヘルミーナにとってこの日記は、日記でありながら妄想を書き綴る手帳のようなものだった。日記帳の中でだけは、ヴィルヘルミーナは素直になれる。ツンツンした態度をとらなくてもいいことは、彼女にとってずいぶんと慰めになった。だからそのときはそれでよかったのだろう。

ルドガーと出会って十年以上。彼女のその想いが詰まりに詰まった約十年分の日記には、悪いことやいやなことが一切書いていない。そう、ルドガーが娼館に行っていたことを知った日のことも、ルドガーがご令嬢に根負けしてデートに応じエスコートしているのを目撃した日のことも、ヴィルヘルミーナは書いていないのだ。

この日記が、その後の彼女にどんな影響を与えるのかも知らずに。

そんなふうに初恋を拗《こじ》らせに拗《こじ》らせたヴィルヘルミーナは、ルドガーと婚約することになった。

けれど、彼女の心境は複雑だ。

元はと言えば、告白のためのドレスを仕立てている途中だった。ルドガーの髪色をイメージしたワインレッドの生地に刺繍を施したドレス。それが出来あがったら彼の色を纏って気持ちを伝えるつもりだったのだ。なのに、完成間近という頃になって一足飛びに婚約となってしまった。嬉しい反面、色々なことが気にかかってモヤモヤとする。

婚約式でサインをしてなお、彼女の気持ちは晴れない。

（本当に婚約してしまったわ……でもよかったのかしら。ルドガーは娼館通いもしているし、他のご令嬢とも懇意にしているわ。……きっと、わたくしのことなんて、好きじゃないのに）

彼と添い遂げられると思うと心が弾む反面、彼の気持ちがヴィルヘルミーナにないことを思うと沈んだ。ルドガーがどんな頻度で娼館に通っているのかをヴィルヘルミーナは知らない。けれど、回数や頻度など関係ないのだ。ルドガーはヴィルヘルミーナのことなんて眼中にないのだから。

それは婚約の話が出るより少し前に、娼館から出てきたルドガーと鉢合わせしたときに思い知らされている。

娼館から出てきたルドガーは、ヴィルヘルミーナに見つかってひどくばつが悪そうにしていた。

『……娼館に通っているの？』

『お前には関係ないだろう』

『男性のたしなみだなんて言う方もいらっしゃるけど、まさかルドガーもそうなの？』

ざわつく胸を抑えながら尋ねれば、つい非難がましい口調になった。対するルドガーも苛立ったような顔になる。

『……娼館通いなんて、どうだっていいだろう』

『よくないわよ、こんな……ふしだらな！』

つい悪態が口をついて出る。ただルドガーが他の女性に触れるのが悲しいだけなのに。売り言葉に買い言葉だろう。ルドガーはさらに渋面を作る。

『人の付き合いに口を出すな。それともなんだ。ミーナは俺の婚約者か？　恋人なのか？　お前にそんなことを言われる筋合いはない』

（……恋人じゃないなんて、わかりきったことだわ）

ぎゅうっと握った拳を、果たしてルドガーは気づいただろうか。これはまずい。そう思ったときには、ヴィルヘルミーナは次の憎まれ口を吐いていた。

『そうね。わたくし、あなたに愛称で呼ばれるほど親しくなかったわ、ダールベルク様。さようなら！』

ルドガーの言葉はいちいちもっともだった。恋人でもなんでもなかった当時のヴィルヘルミーナには、ルドガーの貞節や交友関係などについて、とやかく言う資格などない。それに傷ついた彼女は、ルドガーにそう言ったきり会っていなかったのだ。

ルドガーは娼館に通っている。これは間違いない。友人や上官に無理やり連れていかれただけで、運悪くそれを目撃しただけかもしれない。けれどヴィルヘルミーナがそれを知る術はないし、足げく通っていたり、馴染みの娼婦がいたりする可能性だってある。それに彼は今、どこぞのご令嬢と懇意にしていたはずだ。さすがに肉体関係はないだろうが、付き合いがあってなお娼館に行っていたのならば、きっと彼は結婚したって娼館通いを辞めないだろう。

ヴィルヘルミーナはそう思った。

だからこそ、婚約式のときにテラスでルドガーにかけられた言葉も、彼女は傷ついたのだ。

「もう俺は娼館には行かない」

(信じられるなら、信じたい……けど)

「あら。それはわたくしには関係のないお話なんでしょう？　別に弁解なんてしてくださらなくても結構ですわ」

「違う。お前だから言っておきたいんだ」

「付き合いに口を出すなとおっしゃった方が、どういう心変わりかしら？」

自分で言って、ヴィルヘルミーナは泣きそうになる。

「……あのときの俺はどうにかしていた」

苦々しげにそう言うルドガーに、ヴィルヘルミーナはなんと言っていいのかわからなかった。

「ミーナ、これからはお前だけを見るから」

許しを請う台詞は、まるで浮気男の安っぽい口説き文句だ。社交界で有名な女誑《たら》しが、そういう甘い台詞を使って令嬢を口説くのだと聞いたことだってある。まるで、世界でその人しか見えていないかのように言うくせに、その女誑《たら》しはいつだって女をとっかえひっかえしていた。

その点、ルドガーは令嬢との付き合いという意味では身持ちが固い。ヴィルヘルミーナの知っている限りでは、近頃懇意にしていた人を含めても、今まで恋人は合計で三人しかいなかったはずだ。とはいえ、口説き文句にしか聞こえない賛辞を誰彼構わず言っているように見える。そしてその女性たちは自分がルドガーに愛されていると確信してやまないのだ。

その証拠に、先日ヴィルヘルミーナはルドガーに想いを寄せている令嬢から釘を刺されたばかりである。

『あなたみたいな可愛げのない女が、ルド様に釣り合うわけないでしょ？　私はルド様に世界で一番可愛いって言われてるんだから。いつも私を熱烈に口説いてくださるのよ？』

その甘い口説き文句を今、この場を納めるためにヴィルヘルミーナに言っているとしか思えなかった。

（こんなに最低な男なのに……）

「どうして……」

（どうしてわたくしは、ルドガーのことが、好きなのかしら）

好きでいることが苦しいのに、やめられない。顔を歪めれば、途端に涙が溢れてきそうになって、ヴィルヘルミーナは焦る。そこへルドガーの手が伸びてきて、彼女は弾かれたようにあとずさった。

今触れられたら、きっと彼を受け入れてしまう。こんなに、苦しいのに。

「そうやってあなたは女を誑《たぶら》かすんだわ！　あなたみたいな人と……わたくし、婚約したくなかった……！」

「ミーナ！」

背中に呼び止める声が聞こえていても、ヴィルヘルミーナは振り返ることなんてできなかった。いつも通りのツンな台詞も今日は際立って酷い。

そうして、最低な婚約式を終え、その後すぐに遠征へと旅立ったルドガーとは会えずじまいとなった。

ヴィルヘルミーナが運悪くも落馬事故にあったのは、ルドガーが遠征中のことだった。乗馬も淑女のたしなみの一つになったのは近年のことだ。その練習中に突然馬が暴れだし、ヴィルヘルミーナは振り落とされてしまったのだ。

そうして次に目が覚めたとき、彼女の記憶はなくなっていた。幸いにして常識は覚えていたが、自分にまつわるものは全て忘れていた。愛する家族のことも、いつも世話をしてくれている専属メイドのことも、そして、長年想いを寄せ、婚約したばかりのルドガー・ダールベルクのことも。

「わたくし、何も思い出せなくて申し訳ないわ……どうして自分に関係することだけ忘れてしまったのかしら……」

ベッドに腰かけたヴィルヘルミーナは暗い顔で言う。それを聞いていたのは、専属メイドのエルマだった。

「お嬢様、気を落とされないでください。お嬢様が覚えていらっしゃらなくても、わたくしどもはお傍におります」

穏やかな声で慰められても、彼女は不安だった。優しくされる理由は『お嬢様』だからなのだろう。けれど、その落ちこむ気持ちを無理にでも奮い立たせようと思った。

(こんなに気を使ってもらってるのに、落ちこむだけなんて。わたくしは情けないばかりでいるのはいやだわ)

「ねえ、何かわたくしの記憶に繋がるものはないかしら？　過去の記録とか。懐かしいものを見れば思い出せるかもしれないわ」

「！　でしたら、お嬢様の日記がございます。お嬢様はまめに日記をつけておいででしたから。今お持ちしますね！」

エルマは顔を明るくしてそう言うと、すぐに日記帳を持ってきてくれた。

何冊もある日記帳には、全て鍵がついている。首を傾げたヴィルヘルミーナに、エルマは微笑んで教えてくれた。

「その日記は、お嬢様がずっと大事にされていたものです。わたくしどもの誰も読んだことはありません。鍵は……おそらくその引き出しにあると思います」

ベッドのサイドチェストを指さしたエルマに促されて引き出しをあけてみると、確かに鍵が入っている。全て共通の鍵らしく、一個だけだった。

「ありがとう。読んでみるわね」

「はい、ごゆっくりなさってください」

ヴィルヘルミーナがわずかに明るい顔になったので、エルマも笑んで部屋を辞する。

日記は、几帳面に全て使用開始の日付と、終了の日付が書いてあり、実に十年分もある。

(わたくしはまめな性格なのね？)

そう自分で考えるとなんだかしっくり来るようだ。『自分らしさ』を一つ見つけたようで、ヴィルヘルミーナは嬉しくなる。その浮上した勢いで、ひとまず一番古い日記から読むことにした。

『今日は男の子にすごいと言われた。ルドガーという子らしい。かっこよかった』

最初の日記はこんな出だしで、ひたすらに『ルドガー・ダールベルク』を称賛する内容だった。

それは最初の日付のみならず終始同じ感じで、どの日記帳のどの年のどのページをめくっても、ただただひたすらにルドガーが言ってくれた嬉しいこと、ルドガーに募らせた想いばかりが書き連ねられていた。しかも十年分もある。

(……これは……鍵をつけるはずだわ。恋の日記なんて恥ずかしすぎるもの……)

羞恥で頬を染めるのと同時に、ヴィルヘルミーナは暖かい気持ちになった。

(わたくしは、十年もずっとルドガーという方を想い続けていたのね)

十年分の日記は、そう納得せざるを得ない。会ったこともない男だったが、当時の自身の気持ちが全て書かれていたのだから。なんだか今のヴィルヘルミーナもルドガーに対して好印象だ。それほどに日記の描写は熱烈だった。

さらには、日記の最後にはこうも記されていた。

『とうとうルドガーと婚約を交わした。嬉しい。今日も綺麗だと褒めてくれて、ミーナと呼んでくれた。「これからはお前だけ見る」なんて情熱的に口説かれた。ルドガーと結婚できる日が待ち遠しい』

つまり十年も想いを拗《こじ》らせていた相手と、婚約までしているのだ。しかもどうやら相思相愛である。ルドガーは紳士的で、いつもヴィルヘルミーナを褒めてくれて、優しくて、おまけにかっこいい。それを日記が教えてくれた。

(ルドガー様にお会いするのが楽しみだわ……!)

恋心を閉じこめた日記を読み終わる頃には、ヴィルヘルミーナがすっかりルドガーという男に夢中になっていたのも、仕方のないことだろう。記憶がなく不安な中でも、ルドガーを好きなのは彼女の中で間違えようのないことだ。でなければ、日記を読んだだけの自分が、覚えていない思い出だけでこんなにも胸が高鳴るはずがない。

全てを忘れてから初めて、ヴィルヘルミーナは自分の中に確固たるものが存在するような気がした。だからこそ余計に、彼女は会ったことのないルドガーに想いを募らせたのだ。

あいにくとルドガーは一カ月の遠征に出ている途中だったから、すぐに会うことはできなかったが、彼は遠征から帰ると同時にヴィルヘルミーナに会いに来てくれた。凛々しい顔に焦りの表情を浮かべ、髪を乱した彼はセクシーだった。身だしなみを気遣えないほどに急いで会いに来てくれた彼に、ヴィルヘルミーナはきゅんとする。

（ヴィルヘルミーナ《わたくし》はやっぱり大事にされているのね！）

そう思ったヴィルヘルミーナは、初めて会った彼に、そのたった一度で再び恋に落ちたのである。

十年分の想いが綴られたその日記に、『ルドガーの悪いところが一切書かれていない』という致命的な問題があることに、そのときのヴィルヘルミーナは気づきもしなかった。

＊＊＊

デートのことを反芻してベッドで悶絶していたヴィルヘルミーナは、やがて深いため息を吐いて起きあがると、サイドチェストから鍵を取り出して、デスクへと向かった。

「こういうときは、日記を書いたほうがいいような気がするわ！」

誰に言うでもなくそう宣言して、ヴィルヘルミーナは日記を開くとペンをとって書き始める。

（わたくしのしたことはどう考えてもはしたないけれど、今日のとってもかっこよかったルドガー様のことについては記録しておきたいもの）

真剣な顔で、ときに顔を赤らめながら書いた日記の内容は、馬車で自分を庇ってくれたルドガーのたくましさ、エスコートをしているときのスマートさ、そして宿屋で手当をしてくれたときの手際のよさや、ヴィルヘルミーナの身体を気遣ってくれた優しさなどが書かれている。肝心のその後の愛撫については、『ルドガー様はたくさんわたくしを可愛いと言ってくれて嬉しかった』と、ぼかしてある。

ちなみに先日のルドガーが見舞いに来てくれた日についても日記を書いているが、ルドガーが試すように口づけをしたとは記していない。『初めての口づけをして、とても恥ずかしかったけれど嬉しかった』という感じで、負の情報は全て伏せられている。彼女は知る由もなかったが、これらの一連の流れは記憶を失う前のヴィルヘルミーナもやっていたことだ。

コト、とペンを置いた彼女は、満足げに息を吐いた。

（書けた。……これで読み返したときに、楽しいことだけ思い出せるわね）

さきほどまで悶絶していたとは思えないほど、穏やかな笑顔でヴィルヘルミーナは日記帳を閉じる。

（今日は失敗してしまったけれど、次は今回の反省を活かして頑張るわ！）

むん、と気合を入れてヴィルヘルミーナは決意を新たにし、次の逢瀬に胸を膨らませるのだった。

＊＊＊

ヴィルヘルミーナが恥ずかしがりながらも次の逢瀬への期待に胸を膨らませていた頃、一方のルドガーは頭を抱えて大反省会をしていた。

「いくらなんでもそれは手が早すぎるだろ」

爆笑しながらその大反省会に付き合ってくれているのは、悪友のアロイスだ。

普段通りのアロイスならば、この時間帯は娼館に行っていることだろう。ともすればルドガーも誘われたかもしれないが、今の彼は誰にどう誘われようと一切断っている。しかし今日はデートのあれやこれやを抱えきれずに、ヴィルヘルミーナを送って行ったあとにすぐさまアロイスを連れて酒場へ来たのだ。

持つべきは暇を持て余している悪友である。急な誘いでも奢りと言えば応じてくれるのだから。

ことの次第は全て話した。婚約式のときにアロイスは来てくれていたし、傍から見ていて長年両片思いを知っていたアロイスは話の呑みこみも早い。そうして出てきた感想が、先ほどの台詞である。

「ヴィルヘルミーナちゃんの記憶がなくなったから、お前、ちゃんと口説きなおして順を追うことにしたんだろ？　その第一歩の初デートで、いきなり襲うとか……お前、盛りのついた犬にでもなっちゃったわけ？」

　げらげら笑うアロイスに、ルドガーは呻く。

「俺だってそんなつもりはなかったんだ……」

「でもヴィルヘルミーナちゃんが可愛すぎてついつい手が出ちゃったんだ？」

「……そう。そうなんだ。ヴィルヘルミーナは一体どうしたんだ？　元から可愛いが、なんであんなに素直でふにゃふにゃで可愛くなってしまったんだ？　何を言っても笑顔で……なんなんだ、我慢しろというほうが無理だろう、あんなの」

　早口でまくしたてるルドガーに、アロイスは吹き出す。

「お前、自覚した途端に惚気が半端ないね」

「なんだ？　俺は元々思ったことは言うほうだぞ？」

「あーまあね」

　酒を煽って「やだやだ」とぼやきながらアロイスは半眼でルドガーを見る。

「そのせいでご令嬢方が勘違いするんだよな。意図的に口説いてるときもあるだろうけどさあ、あれマジでたち悪いからやめなよ？　特にヴィルヘルミーナちゃん一人に絞るんなら」

　忠告されたが、ルドガーはさっぱり心当たりがない。

「何を言ってる。口説かれたことならあるが、俺は誰も口説いたことはないし、ヴィルヘルミーナを好きだとわかってから、付き合いのあった令嬢にだってきっぱりと断っている。何も問題ないだろう」

「そう思ってるのはお前だけっていうか……お前さあ、ヴィルヘルミーナちゃんに似てる子見つけるとす〜ぐ褒めるじゃん？」

ルドガーは酒を煽りかけた手が止まる。

「カミラ嬢、コリンナ嬢、ローザちゃんにフィリーネ嬢？　えーとあとは忘れちゃったけどさ、お前って口説きまくってたじゃん？」

「口説いてなんかいないと言ってるだろう」

「あのさあ」

アロイスは呆れ顔である。

「じゃあ言うけど、お前が告白されて付き合ったことがあるのって、栗毛とか金髪の子だけだろ？そんでもって、出会い頭にやれ髪が綺麗だの、ドレスが髪に映えて美しいだの、君の緑の瞳は宝石のほうがかすみそうだの、くっさいこと言ってたよな？」

そこまで言われれば、さすがにルドガーにもわかる。

つまりは、ヴィルヘルミーナに言うべき賛辞を、無意識にあちこちで別の女性に囁いていたのだ。

しかも事実を述べているだけのつもりな彼の弁は、自覚する以上に熱烈である。

甘いマスクに釣られて寄って来る令嬢も多いが、それ以上に本音で愛を語ってくれているとしか思えない賛辞のせいでご令嬢を引き寄せまくっていたのだ。軽薄だと敬遠するご令嬢も、顔のいい男に面と向かって「貴女は綺麗だな」などと言われれば、コロリと落ちてしまう。

今だって、酒場の金髪の看板娘がしきりにルドガーに向かって秋波を送ってきているくらいだ。

愛想を振りまくどころではないルドガーはそれに気づいてはいなかったが。

「…………俺は、一応……付き合ってる令嬢にしか甘い言葉は囁いてないし、彼女らだって一線は越えてない。むしろキスだって……いや、抱きしめてすらないんだぞ。それに社交の一環で世辞をいうのは当たり前だろう…………」

呻くように弁明したその言葉が、苦しい言い訳であることをルドガー自身もわかっているのだろう。しどろもどろだ。

「お前それ、ヴィルヘルミーナちゃんの前で言えんの？」

「無理だ」

ずしゃっと突っ伏して、ルドガーは情けなくも断言した。ご令嬢たちをヴィルヘルミーナの代わりに褒めていただなんて、とんでもないことだ。そもそも本人を口説けという話であるうえ、世辞を言っていた令嬢たちにだって失礼である。

「まあ、自覚したなら社交辞令もほどほどにな」

「ああ……」

溜め息を吐いて、しおしおと勢いをなくした男はゆっくりと顔を上げる。いつもの野性的な魅力に溢れた色男が台無しである。

「アロイス。俺が治すべきところは他にもあるか？」

「んー？　なになに、アロイス様のありがたさがわかっちゃった？」

「ふざけるんじゃない」

渋面を作ったルドガーを笑って、アロイスは首を振る。

「いーや、もう自覚したなら大丈夫だと思うよ、俺は。ヴィルヘルミーナちゃんだけを見てやれば、……ああ、まあ順を追うのだけは気をつけろよ、傷つけたくないなら」

くつくつと笑うアロイスは、「あ」と声をあげた。

「そういえば告白はしたのか？」

「告白………？」

瞬間に、見舞いに行った日と今日のデートを思い返して、ルドガーは呆然とする。

「言った……言ってしまった」

「おっ。返事は？」

（あれは、どういう気持ちなんだ……？）

ルドガーは再び情けない顔になった。

彼は、愛の告白なんてものをしたことがなかった。綺麗だの可愛いだのという賛辞は贈っても、『好きだ』『愛している』という言葉や、それに類する言葉を使ったことがない。それは今までに付き合ったご令嬢に対してもである。しかし。

『悪いな。どうやら俺はお前のことが好きで好きでたまらないらしい』

ごく自然に口から零れ出たあの言葉はまぎれもなく告白だったのだろう。ムードの欠片もない、雑談の合間に出てきた、初めての告白。その返事は、一体なんだったか。

『そ、うですか……』

呟いたヴィルヘルミーナはとてつもなくキュートだったし、それを見られただけでルドガーは満ち足りた気持ちだった。うっかり口走った告白に返事を貰えていないと気づかないほどに。

（いや、あれは本当に告白だと言えるのか……？）

思考の海に入りかけたルドガーにアロイスが「おーい」と顔の前で手を振る。

「何、そんな微妙な感じだったの？」

「好きだとも嫌いだとも言われなかった……悪く思われてない……とは、思うが……」

歯切れ悪く言うルドガーに、アロイスは目をみはった。

「へえ？　まあでも、告白のあとなんだろ？　お前が手を出しちゃったのって。えっちさせてくれるくらいなら、好きなんじゃないの？　ヴィルヘルミーナちゃんもさ」

もっともな意見だが、ルドガーは腑に落ちない。

「……ミーナは、どうして俺を受け入れてくれたんだ？　いやだと言えなかっただけなのか？」

「待って待って、お前そんなこと言っちゃうの？　そんなのルドガーの顔と雰囲気に流されたか、お前が好きだからに決まってるじゃん」

「好き……」

（本当にそうか？）

何度か感じていた違和感を、ルドガーは思い出す。

「二度しか会ってない男に、婚約者だからといってそんな簡単に身体を委ねて、熱をあげられるか？」

「さぁ？　一目惚れってこともあるでしょ？」

「いや、それにしては……」

最初から彼女はルドガーのことを知っていたかのような口ぶりだった。けれど、記憶がないのは確実である。

ヴィルヘルミーナの可愛さについ舞い上がって忘れがちだが、彼女にとってはルドガーという男はほぼ知らない人間だ。だというのに、ヴィルヘルミーナと話していて、ほとんどそれを感じない。ルドガーがヴィルヘルミーナの記憶のことを失念しがちになるのも、彼女の受け答えがスムーズすぎるからだ。

「彼女は、俺を前から知ってるみたいに思える」

「え？　何？　記憶喪失は狂言かもしれないってこと？」

「いや……それにしては……仕草は確かに彼女で根っこも変わってないが……記憶喪失は、嘘じゃない、と思う」

「ふぅん……？」

アロイスもよくわからないという顔だ。

ルドガーが感じている違和感が、実のところ十年もの月日を書きためた膨大な片思いの日記のせいなのだとは、思いもよらない。

「まあ好かれてるのは悪いことじゃないだろ？　気になるなら聞いてみればいいんだし」

「ああ……」

「ヴィルヘルミーナちゃん、淑女ぶった動きは上手だけど嘘は下手くそでしょ。だから大丈夫じゃない？」

「そうだな」

明るく言われれば、そう思えてきた。自然とルドガーの顔色も復活する。

「それにさ」

アロイスはぐぐっと酒の残りを飲み干してから、ルドガーにニッと笑ってみせる。

「手ぇ出しちゃったんだからどの道あとは結婚するだけでしょ、お前ら」

それを言ってしまうと身もふたもない。

「アロイス、お前……！　俺は彼女の気持ちをだな」

「あっお姉さん、お酒追加お願いしまーす！」

青筋を浮かべた色男をまったく気に留めず、アロイスは奢りの酒をもう一杯注文する。

彼から「とりあえずデートの詫びの花でも贈っておけ」とまともなアドバイスが出てきたのは、それから図々しくも何杯かの酒を呷ったあとだった。おまけに「まだ順を追って付き合う気があるんならな」とつけ加えてきたので、ルドガーは頭を叩いておいたのだった。

＊＊＊

ふざけた悪友の態度は業腹だが、それでもルドガーはアドバイス通りに花を贈った。カードには

「近いうちにまた会いたい」という言葉を添えてある。本当はデートでたくさん歩かせてしまったことやそのあとやらかしたことについて、謝罪という名の言い訳を書き連ねたかった。けれど何を弁明しても見苦しい上に長ったらしくなってしまうだろう。だからルドガーは諦めたのだ。

それに、謝罪なら直接伝えたほうがいい。

(……嫌われてないだろうか)

花の手配はしたものの、ルドガーは心配でいっぱいだった。

今まで他の令嬢と付き合っていたとき、彼はこんなふうに不安になったことなど一度もない。交際した女性との関わりの中で、ルドガーは女性のあしらいに困ったことがなかったのだ。相手が不快になっているとき、大抵はどんな言葉を囁けば機嫌が直るのかはわかる。付き合っている相手をデートにうまく誘いだす方法だって知っているのに。

けれど、ヴィルヘルミーナは今までの女性とは違う。思い返してみれば、交際してきたご令嬢方に対して特別な感情はなかった。熱烈に告白してくるのは令嬢からで、ルドガーからは言い寄ったことなどない。だから、過去の恋人が「ルドガー様は私のことなんか好きじゃないんだわ」と言って別れを告げてきたときだって、強く引き留めたりなんかしなかった。

だが、もしもヴィルヘルミーナに愛想を尽かされたら？　破廉恥な男とは婚約を破棄すると言われたら？

(無理だ……)

ヴィルヘルミーナのことが好きだ。だからこそ、もし嫌われでもしたらみっともなく追いすがってしまうだろう。別れを切り出した女性を追いかけるのはひどくいやがられる。それは周りの恋愛模様を見ていても明らかだというのに。頭でわかっていても、きっと我慢できない。

先日の初デートはいつもの手練手管を使ったが、彼女に嫌われるかもしれないと思うと、途端に次のデートを具体的にいつ誘うべきか、頭を悩ませた。

近頃のルドガーは気が滅入ることばかりだ。

一度は別れを納得したはずの令嬢からは復縁を迫る手紙が来るわ、ヴィルヘルミーナをデートに誘ううまい口実は思いつかないわで、散々である。

そんな彼の気分を一気に反転させてくれたのは、ほかならないヴィルヘルミーナだった。今度は彼女から誘いが来たのだ。

『乗馬を教えてください』

その手紙を受けて、速攻で了承の返事をしたのは言うまでもないだろう。

(今度こそ、順を追って口説く)

そう心に決めて『可愛らしいデート』をすべく、ルドガーは乗馬デートに臨んだのだった。


「……あの、ルドガー様……やっぱり、やめませんか？」

耳まで赤くしながらヴィルヘルミーナがそう言ったのに対して、ルドガーは「だめだ」と短く断った。

「は、恥ずかしいです……」

彼女が消え入りそうな声で訴えるのももっともだろう。二人は今、牧場で乗馬中である。しかし、問題はその乗り方だった。

ヴィルヘルミーナの身体を後ろから抱きこむ形でルドガーが支えながら、一頭の馬に二人で乗っているのだ。当然ヴィルヘルミーナの背中がルドガーの胸板に密着しているし、喋るときは必然的に彼女の耳元でルドガーが囁くような形になる。しかも片手は手綱を操っているが、もう片手はしっかりとヴィルヘルミーナのお腹に回して彼女を離すまいとしている。

順を追って可愛らしいデートをしようと決心した傍から、スキンシップが激しいことこのうえない。とはいえ、これは仕方のないことではある。

「恥ずかしくても、ミーナの安全には代えられないだろう？　記憶をなくす前のお前は乗馬が達者だったが、そのあとは今日が初めてだと聞いたぞ。それに……」

牧場の柵の中をぽくぽくとゆっくりしたペースで馬を歩かせながら、ルドガーは眉間に皺を寄せる。

「落馬しただろう？　せめて今日くらい俺の腕の中にいてくれ」

言い回しがなんだか艶っぽい。その事実にルドガーは気づいていないが、ヴィルヘルミーナはその言葉に当てられたのだろう。さらに顔を赤くさせた。

「はい……」

俯いてぽそりと答えた彼女に、ルドガーは追い打ちをかける。

「姿勢をまっすぐにしてくれ。俺に身体を預けて」

彼女の耳を低い声で震わせて窘める。大声を出すと馬を驚かせてしまうし、俯いていては重心が傾いて危ない。だから妥当な伝え方ではある。妥当ではあるのだが、腰に回した手といい、言い方といい、いちいち全てがいやらしい。

「わかりました……」

涙目でそう答えたヴィルヘルミーナの顔は、残念ながら後ろから支えているルドガーには見えなかった。

なんとなく沈黙が降りたまま、二人はそのまま馬を歩かせる。夏だからくっついているのは暑いが、触れあった身体からそれ以上の熱を覚えるようだ。

（……いい香りだな）

先ほどまでヴィルヘルミーナの安全ばかりを考えていたから気を回す余裕がなかったが、いざゆっくり動き始めると、近すぎるヴィルヘルミーナが気になって仕方がない。つい下半身に血が集まりそうになって、ルドガーは奥歯を噛んだ。

（別のことを考えろ。ヴィルヘルミーナの様子はどうだ？）

乗馬を教えるという名目だったが、馬に揺られる感覚をつかむことに関してはすでにヴィルヘルミーナは問題なさそうではある。これが本当の初心者なら、上下に揺れる馬の上で背筋をまっすぐに保つのが難しいのだ。

（そういえば）

「怖くはないか？」

「え？」

「馬に乗った目線は高いだろう。……その、聞くのが遅くなったが」

ルドガーが気まずげに言うと、ヴィルヘルミーナはふふ、と笑う。

「大丈夫です。ルドガー様に支えられてますし……記憶はありませんが、懐かしい気もします」

「そうか……姿勢も悪くないし、次は一人で乗れそうだな」

どことなく声が寂しげになってしまって、ルドガーは慌てる。

「怪我しなさそうなら安心だ。……しかし、馬が急に暴れたと聞いたが、一体何があったんだろうな？」

「あ、それなのですが、馬の足に針が刺さっていたらしくて」

「針だと？」

ルドガーの顔が一転して険しくなった。

落馬したときのヴィルヘルミーナが乗馬をしていたのは、今日と同じここの牧場だったはずだ。馬を放つために日々整備されているし、針など落ちているわけもなければ途中で刺さることなどありえない。もし初めから刺さっていたのだとしたら、乗っている間に暴れ出すのもおかしな話である。

「……事件性があるものか？」

「愉快犯の仕業ではないかと言われておりました。調査をされているらしいのですが、肝心のわたくしの記憶がないために、難航してまして……」

「何!?　まだ犯人が捕まっていないのか？　……ミーナ、まさかお前が狙われたのか!?」

焦りがヴィルヘルミーナを抱きしめる腕に伝わって、ぎゅうっと引き寄せる形になる。

「いえ、わたくしだけを狙ったのではなく、その日は針が刺さって暴れる馬が多かったそうなんです」

「本当にそうか？　俺とこんな場所にいて大丈夫なのか？」

緊張を滲ませて問いかける。ルドガーは先ほどまで浮かれていた自分が情けなくなった。

見舞いに行ったとき、ヴィルヘルミーナは元気なのに部屋に閉じこめられていると言っていなかったか。それは彼女の体調の心配ではなく、落馬事件から彼女が狙われているかもしれないと警戒していたからではないのか。

（……乗馬が得意なミーナが落馬ってだけでおかしかったのに、なんで俺は危険性を考えなかったんだ……）

内心で自省していると、ルドガーの手にそっとヴィルヘルミーナのものが重なった。

「ルドガー様」

前に座るヴィルヘルミーナが首を動かして、ルドガーを振り返る。その顔は、なぜか微笑んでいた。

「ご心配ありがとうございます。でも大丈夫です」

「だが」

「わたくしが外出許可を得られたのは、ルドガー様が傍にいるからなんですよ？　乗馬も、先日のデートも。ルドガー様がいらっしゃるから、大丈夫なんです」

ふふ、と笑ったヴィルヘルミーナは、こてん、とルドガーの胸に頭を預けると、目を閉じた。

「だって、ルドガー様がわたくしを守ってくださるでしょう？」

とんでもない殺し文句である。その穏やかな声も顔も、彼女が全てをルドガーに委ねてくれているのが伝わってくる。一瞬息をつめたルドガーは、じんわりと胸の奥が温かくなるのを感じて、ゆっくりと息を吐いた。

「……ああ、そうだな」

重なっているヴィルヘルミーナの手に指を絡めて、ルドガーは馬の歩みを止めさせた。

（そうだ、なんのための騎士だっていうんだ。何があっても、ミーナを守ればいい）

「俺がお前を守る。一生、ミーナを離さないからな」

そう告げて、ルドガーは決意と慈しみを表すかのようにヴィルヘルミーナのつむじに口づけを落とした。さらに手綱から離した手をヴィルヘルミーナの頬に添え、二度三度とこめかみや頬に口づける。その次は唇、というところでやっと止まった。

「る、ルドガー様……恥ずかしい、です……」

顔を赤くしたヴィルヘルミーナに訴えられたからだ。順を追って口説くつもりの男にしてはごくごく自然な、まるで女誑《たら》しのような動作だった。

「す、まない……俺はいつも、性急に過ぎるな」

（まったく俺は……！　ミーナ相手だとどうしてこうも手が出やすくなるんだ！）

はあ、と情けない溜め息を吐いたルドガーだったが、それをくすくすと笑われた。

「いえ……恥ずかしいけど、嬉しいです」

「……っ!?」

頬に添えられた手の平に、ちゅ、と音をたてて口づけられて、今度はルドガーが焦る。

「ルドガー様、ありがとうございます。その……守ってくださると言ってくださって」

「ああ、あ、いや、当たり前のことだからな」

（キスに礼を言われたのかと勘違いするところだった）

顔を赤くし、童貞じみた反応をした男は、誤魔化すように馬を再び歩かせる。このときのルドガーは勢い余ってプロポーズめいた台詞を吐いていたことに気づいていない。

こんな一幕がありつつも、その後のデートは当初目指していた『可愛らしいデート』を遂行できた。おかげで今回も交際のステップをいくつも越えてしまっていた事実に思いいたり頭を抱えたのは、浮かれ気分でデートを終えて屋敷に帰ったあとなのだった。

＊＊＊

記憶を失ったヴィルヘルミーナにとって、ルドガーの付き合いは、いたって順調だった。乗馬デート以降、ルドガーは何度もお出かけに連れていってくれたし、ヴィルヘルミーナからも誘いをかけたりもした。どの逢瀬も楽しかったし、会うたびにルドガーは甘い言葉をかけてくれる。

だが、このところのヴィルヘルミーナは漠然とした不安を募らせていた。

(ルドガー様はもしかして、わたくしに飽きてしまったのかしら……)

これをルドガーに尋ねたならば、即座に『ありえない！』と大声で否定してくれただろう。ヴィルヘルミーナに飽きていたら、頻繁にデートなど行くわけがない。けれども、彼女は心配になってしまうのだ。

夏も終わりに近づいた今日は、ルドガーの休みに合わせて庭園デートだ。ここは伯爵家の私有地だが、自身の見事な庭を自慢したい伯爵がいつでも解放している。だから恋人同士なら一度は必ず訪れるデートスポットである。

庭園は一世代前に流行した迷路型に整えられている。目線よりも高い位置に刈りそろえられた植木を柵代わりに配置して、入り組んだ迷路のようにしているのだ。おかげでこの庭園に他の客がいても、お互いに出くわすことはあまりない。おまけに道幅はさほど広くないから、二人で歩くためには普通の街道よりも密着せねばならない。だから恋人同士でリラックスして散策を楽しめるというのが人気の理由の一つである。

夏の植木に茂る葉は濃い緑色だ。時折現れる植えこみは季節ごとに庭師が花を入れ替えているのだろう、可愛らしい小さな青い花が彩っている。

そんな庭園の中を、ヴィルヘルミーナとルドガーの二人はゆったりとした歩調で歩いていく。ルドガーが日傘を持ってくれて、彼のエスコートで整備された道を歩くのは快適だった。

「暑くないか？」

時刻は昼過ぎである。先にランチを楽しんでからここに来たので、ちょうど一番気温が高い時間帯だ。夏も終わりが近いとはいえ、まだまだ暑い。朝一番に来たほうがよかったのだろう。実際にルドガーは午前中に来ようと誘ってくれていた。なのに午後に行きたいとわがままを言ったのはヴィルヘルミーナのほうだ。

「大丈夫です。ここの庭園は爽やかですね」

「ああ、おかげであまり暑くないな」

微笑んだものの、ヴィルヘルミーナはちらりとルドガーを見て、申し訳なくなる。この庭園は植木でできる日陰が多く、比較的涼しい。とはいえ、今は日差しがほぼ真上にあるため、その恩恵はほとんど得られない。おまけに日傘はヴィルヘルミーナにだけさしてくれているから、ルドガーは暑いはずだった。エスコートのためにそっと握る手も、ほんのりと汗ばんでいるように感じる。

(わたくしがわがままを言ったから、だわ……)

「ルドガー様、この先にガゼボがあるはずですわ。そこに行ったら少し休みましょう?」

「ああ、気づかなくてすまなかった。疲れてしまったか?」

「わたくしはルドガー様のおかげで大丈夫です。ですが、ルドガー様は暑いでしょう?」

ガゼボならば日陰で少しは涼めるはずだ。ルドガーに日傘を使ってほしいと言っても、彼は取り合わない。だから、日陰に移動するしかない。その意図を正確に読み取ったのだろう。ルドガーは微笑んだ。

「気を遣わせて悪いな。だが、そういうことなら休ませてもらおう」

明るい笑顔に、ヴィルヘルミーナの胸がキュッと締めつけられる。

（わたくしの言うことをなんでも受け入れてくださって……本当にルドガー様はお優しいわ。日記に書いてあった通り！　でも……）

物思いに沈みそうになるヴィルヘルミーナを、ルドガーはガゼボに連れていってくれた。ヴィルヘルミーナの言った通り、ガゼボの下は心地よい日陰になっている。休憩できるようにベンチも設えてあるが、幸運なことに今は他の訪問客がいなかった。そのベンチに二人は隣り合わせで座る。

（近いわ……）

ほんのりと口元が緩んでしまうヴィルヘルミーナである。屋内のソファセットならば向かい合わせに座るだろう。しかしここでは向かい合わせとなるとかなり遠くなってしまう。普段ならエスコートで近くても座るときには遠くなる距離が、今は近い。たったそれだけのことがヴィルヘルミーナには嬉しくてたまらなかった。

「ここに来てみると、道が暑かったのがわかるな」

「ごめんなさい。わたくしが午後に行こうと言ったからですね」

「いや、俺もできるならお前とゆっくり過ごしたいからな。朝に来ていたら涼しくてもすぐに庭園を出なきゃいけなくなるだろう？　ミーナが昼がいいって言ってくれてよかったよ」

「ルドガー様……」

そっと手を握りこまれて、ルドガーからそんな口説き文句を囁かれる。

（ルドガー様も同じ気持ちでいてくださったんだわ）

それが妙に心を浮つかせた。もともと昼がいいと言ったのも、デートを長引かせたかったからなのだ。ちらりとルドガーの顔を窺い見れば、彼もまたヴィルヘルミーナを見ていたらしく目線が合う。茶色の瞳に見つめられて、自分の頬が赤くなるのを彼女は感じた。

ルドガーは美丈夫だ。高い鼻筋、目元はすっきりとしているのに二重の瞼が実に色っぽい。キリッとした眉は整えてあって、彼の精悍さを引き立てている。茶色の瞳自体は珍しくもないがチョコレートのような筋がいくつもあって、深い色に吸いこまれそうだ。その魅惑的な瞳が、真っ直ぐにヴィルヘルミーナを見つめているのだ。これでドキドキするなというほうが無茶だろう。

（今日もルドガー様、かっこいいわ……）

ぽーっと見惚れてから、ヴィルヘルミーナはハッとする。彼のおでこを出した髪型だっていつものように決まっている。けれどその額に、うっすらと汗が滲んでいた。

「そ、それでも暑いのはよくなかったです。ごめんなさい」

見惚れていた照れ臭さを誤魔化すために、ヴィルヘルミーナはハンカチを取り出すと、そっとルドガーの額に押し当てようとする。しかし、すんでのところでその手がつかまれた。

「ミーナのハンカチが汚れるだろう」

「でも」

言いかけて、はた、と止まる。背の高い彼の顔に腕を伸ばしたことで、ヴィルヘルミーナは身体を思った以上に寄せていたらしい。顔が想定以上に近い。ふんわりと漂ういつものコロンの香りに混じって、爽やかな汗が鼻をくすぐる。

（ルドガー様の匂い、だわ……）

きっと彼女のほんのりと汗ばんだ香りも彼に届いているのだろう。それを意識した瞬間に、きゅん、と下腹が啼く。

ルドガーもその距離感に驚いたらしい。一瞬目を見開いたが、やがて愛おしげに細められ、つかんだ手首がやんわりと引き寄せられる。そうしてゆっくりと唇が近づいてきた。

（あ……口づけ、される……）

「……っ」

とくん、と跳ねた心音を心地よく聞きながら、ヴィルヘルミーナはその接触を待つ。だが。

予想に反して、パッと顔が離れた。眉間にギュッと皺を寄せたルドガーは苦虫を潰したかのようだ。

「俺の汗は拭わなくていい」

「……あの、はい。わかりました」

「お前の気遣いは嬉しかった。ミーナ」

困ったふうに眉尻を下げた彼は、ヴィルヘルミーナの手に一度だけ軽く口づけた。けれどもそれ以上のことはせずに、そっと手を離す。

「そう、ですか……」

（またただわ……）

手に押し当てられた唇の感触に頬を赤らめながら、ヴィルヘルミーナはかろうじて笑みを浮かべた。

「ルドガー様、でもやっぱりわたくしは拭いて差しあげたいです」

そっと額にハンカチを当てて、彼の汗を拭ってやる。今度は彼も抗わなかった。

「お前は頑固だな」

「……だめ、でしたか？」

「いや。そういうところも可愛い。ミーナ」

再び愛おしげに細められた目に、またヴィルヘルミーナは胸を高鳴らせる。

「ありがとう、ございます……」

けれどときめきながらも、ヴィルヘルミーナの心の中にはどうしても不安が芽生えてしまう。

(また、口づけてくださらなかった)

この庭園が人気な理由は、このガゼボも一役買っている。周囲から目につきにくい迷路型の庭園は、ガゼボにいても人の目に晒されることがない。だから、恋人同士がデートの折に、使用人たちの前では交わせないスキンシップをこっそり楽しめる場所として人気なのだ。

実を言えば、この庭園に行こうと誘われたとき、ヴィルヘルミーナは密かにルドガーの下心を期待していた。ここならばスキンシップをしてくれるのではないか、と。

二人の交際は実に順調だ。喧嘩はしないし、記憶のないヴィルヘルミーナは、会うたびにルドガーに惚れなおしている。彼は優しい言葉をかけてくれるし、恥ずかしくて仕方なくなるような甘い言葉だって囁いてくれる。

だが、スキンシップが極端に少ない。むしろエスコート以外の接触を極力減らしているのではないか。その証拠に、先ほどみたいな状況で触れられると思ったときにはすぐに離れるばかりである。近頃は帰る間際に、たった一度だけ口づけをしてはくれる。けれどもそれは唇を軽く重ね合わせるだけのもので、熱を分け合うような触れ合いとは程遠い。初めてのデートのとき、彼はあんなにも激しくヴィルヘルミーナを求めてくれたというのに。

「いや、礼を言うのは俺のほうだ。もう少し休憩をしたらまた散策したいがいいか？　疲れていないか？」

「はい。わたくしももっとルドガー様と一緒に歩きたいです」

「そうか」

ヴィルヘルミーナの返事に、ルドガーは嬉しそうに表情を緩めた。

(嫌われてはいないと思うわ。でも……ルドガー様のお気持ちがわからない)

あんなに求めてくれたのに、どうして今は触れてくれなくなったのか。

ルドガーとのデート自体は楽しい。その後も和やかに会話を重ねながら庭園を散策した。けれども、この日のデートも結局別れ際までルドガーが口づけをすることはなかった。

「じゃあミーナ、また今度」

屋敷に送られたあとの別れ際、馬車を降りる前にルドガーはお決まりの合図としてヴィルヘルミーナの頬にそっと触れる。

「はい」

そう答えてヴィルヘルミーナが目を伏せると、柔らかに唇が重なってきた。

（ルドガー様……）

うっすらと唇を開きかけた、その口が続きを求める前に、彼はあっけなくも離れた。

「おやすみ」

「はい、おやすみなさい。ルドガー様、お気をつけて」

まだ日の高い時間に別れを告げて、二人はデートを終わらせる。深い仲の男女ならば、これから夜の時間を共に過ごすのだが、ヴィルヘルミーナたちの逢瀬は決して日暮れを過ぎることはない。

それも寂しかった。

（それなら……）

　この日ヴィルヘルミーナがひっそりと固めた決意を、ルドガーが知ることになるのはそのすぐあとのことであった。

＊＊＊

ルドガーの『可愛らしいデート』作戦は、功を奏している。二回目のデートでプロポーズまがいのことをしてしまったものの、その後は衝動的なスキンシップを抑えつつ進められているとルドガーは思う。

互いの家のティールームでのお茶会、最初のデートで失敗した街の散策デートのやり直し、そして先日の庭園デートも今度は適度にヴィルヘルミーナを休ませながら成功を納めた。実に順調に距離を詰められている。近頃は別れ際に口づけを交わすのが約束ごとになった。

メイドが傍にいることもあり、まったくの二人きりのデートは少ないが、それでもルドガーは構わなかった。

ちなみに元彼女もどきからは何度も手紙が来ていた。けれど一度きっぱり断りの手紙を送ったあとは、全て送り返している。そのことだけが気がかりではあったが、ヴィルヘルミーナはいつ会っても可愛いし、おかげでやる気が出て仕事は順調だしで、このときのルドガーは無敵だった。

そんなルドガーをさらに有頂天にする出来事が起きたのは、彼がヴィルヘルミーナの家に遊びに行った日のことである。

いつもならティールームに通されるところだが、その日案内されたのはなぜかヴィルヘルミーナの部屋だった。高位の貴族は居室と寝室を分けるものだ。しかし子爵家であるシュルツ家は贅沢を好まないうえ、ヴィルヘルミーナは執務室を必要とするような跡継ぎでもない。だから、居室を別に設けない代わりに寝室がかなり広かった。そこにデスクやちょっとしたお茶をするための小さな猫足テーブル、ソファセットなどもある。

ごくごく親しい同性の友人ならば、自室に案内されることも珍しくはないし、二人は婚約者同士なのだからまったく問題ないだろう。そもそも先日だってルドガーは寝室に見舞いに来ていたのだから。とはいえ、部屋に入ったルドガーは内心で首をひねる。

（……どういうつもりだ？）

季節は秋にさしかかりつつある。とはいえまだまだ気温は高く、薄着が心地いい。そのためなのか、今日のヴィルヘルミーナは珍しく、コルセットのないゆったりとしたサマードレスを着ていた。シフォン生地を重ねて作られた半袖タイプのドレスである。これはいわゆる室内着で、通常は客を迎えるときに着る服ではない。しかも、今日に限っていつも控えているはずのメイドがいないのだ。婚約者同士であるルドガーたちの仲ならば、二人きりでも、そして室内着でもいいのだろう。だがしかし。

(胸元がゆるすぎないか?)

今は猫足のミニテーブルで向かい合わせに座ってボードゲームをしているが、先ほどからヴィルヘルミーナが気になって仕方ない。駒を動かすために前かがみになるたびに、胸元の生地がたわんで隙間ができ、彼女の乳房が見えそうになる。むしろ谷間の筋は見えているくらいだ。

普段は首元も腕も覆われたドレスばかり着ているし、今日よりも暑かった先日の庭園デートのときだってそうだった。だからこそ彼女の真っ白なデコルテと腕が覗いているだけで刺激が強い。なのに、揉み心地のよさそうな胸元を見せつけられては、下半身に血が集中しないようにするので精一杯だ。

「ルドガー様の番ですよ?」

「あ、ああ……」

駒に手を伸ばしかけて、盤面がもはやルドガーの圧倒的な負けになっていることに気づく。

「……俺の負けだ」

溜め息を吐いたルドガーに対して、ヴィルヘルミーナは心配そうな顔つきになった。

「ルドガー様、お疲れなのでは……？」

彼女の心配はもっともだ。こんなふうにして負けるのがすでに三度目である。

「少しあちらのソファでお茶にしませんか？」

「そうだな」

頷いたルドガーは、谷間から目を逸らすため、ソファに移動して座った。当然向かい合わせに座るだろうと思ったヴィルヘルミーナは、そっとルドガーの隣に腰かけてくる。

「ヴィルヘルミーナ⁉」

動揺でつい愛称を忘れたルドガーは、勢いよく隣のヴィルヘルミーナを見る。瞬間に彼女の谷間がすぐ近くにあるのに気づいて、さらにぎょっとした。向かい合わせで座っていたときよりよほど胸が見える。

「ルドガー様……」

甘やかな声と共に、ヴィルヘルミーナの腕がゆっくりとルドガーに絡みつく。エスコートで慣れた腕組みではあるが、それよりもさらに身体を密着させたヴィルヘルミーナは、おずおずとルドガーを窺い見上げる。

「……いや、ですか？」

いやなわけがない。

むにゅう、と押しつけられ、腕の圧で寄せられた胸元はさらに谷間を強調している。わずかに開いた唇から緊張で漏れる吐息、そして煽情的な上目遣い。全てが彼女からのお誘いを示しているようにしか思えない。

　こんな全身全てが可愛い婚約者のことが、いやであるはずがなかった。

（押し倒したい）

　ズボンを押しあげる熱を感じたものの、ルドガーは奥歯をぐっと噛んで、苦笑を浮かべた。

「少し、困るな……」

「……っ」

　彼の返事に、ヴィルヘルミーナは震えて、きゅ、と口を結ぶと俯く。

「……そう、ですか。すみません」

「お前が可愛すぎて、困る」

　そっと外されかけた腕を捕まえて、ルドガーはヴィルヘルミーナの身体を引き寄せた。

「こういうことを言うのは情けないが……正直さっきからお前を抱きたくて仕方ない」

「本当ですか……？」

　ぱっと顔を上げたヴィルヘルミーナの唇に、軽く口づけて、深く吸いかけたのをかろうじてルドガーは我慢した。

「ああ」

　至近距離のヴィルヘルミーナの驚いている表情は、やがて満足そうな笑みへと変わる。

「……では、ルドガー様をその気にさせるというわたくしの作戦は成功ですわね」

「うん？」

怪訝そうなルドガーに、ヴィルヘルミーナは口を尖らせる。

「だ、だってルドガー様……近頃は口づけしかされないから……わたくしのこと、飽きたのかな、って……わたくしも努力が必要なのかな、と思って……」

「待て、俺をわざと誘惑していたということか？」

「そっ」

かっと赤くなったヴィルヘルミーナは大きな声をあげそうになって、しゅんと萎む。

「そういう破廉恥な言い方はやめてください……」

大胆な服を着ていたのも、今日に限って寝室に招いているのも全て、そういうことだ。

ルドガーは大きな溜め息を吐いて、もう一度唇を重ねた。

(この部屋に入ってからの俺の努力は一体なんだったんだ)

「んん……」

舌を差しこめば、くぐもった吐息がさらにルドガーを煽る。

「……俺はミーナと順を追って、付き合いたいと思っている。その、最初に手を出しておいてなんだが。俺はお前をよく知っているが、ミーナは俺のことを知らないだろう。だから、互いによく知るまでは触れ合いを我慢しよう……と思ってたんだがな」

唇を離してから、こつ、と額を合わせると、すかさずヴィルヘルミーナのほうから唇を重ねてきた。

「お互いのことはもう充分に知っていると思います」

「そうか？」

「そう、です」

ルドガーの懐疑的な顔に、ヴィルヘルミーナははっきりと肯定する。

『充分に知っている』

その言葉に違和感を覚えないわけでもなかったが、好意を示してくれているのは純粋に嬉しかった。

「それに……わたくしが、我慢できません」

ここまで言われて襲わないのは、もはや失礼だ。結局触れ合いを我慢なんかできないのは、二人ともだった。

「俺がお前をいやらしくしたのか？」

「なっん……っ」

苦笑しながら、ルドガーは再び唇を重ねる。文句を言おうとしていた割には、積極的に舌を絡めてくる彼女が可愛かった。身体に手を触れないまま深い口づけをくりかえしていると、次第にヴィルヘルミーナはつま先をもじもじと動かし始める。胎の奥に熱が灯って、疼いているのだろう。

「ミーナ、膝に来てくれ」

「えっ」

戸惑いの声をあげた彼女に、わざとリップ音をたてて唇を落とす。

「もっと近くでお前に触りたい」

耳元で囁くと、顔を真っ赤にしたヴィルヘルミーナが頷いて、おずおずとソファを立ちあがる。

しかし、ヴィルヘルミーナはどうしていいのかわからない様子で、ルドガーの前に立ってそわそわと視線をさまよわせた。

そんな彼女に、ふ、と笑って、ルドガーは太ももに手を添える。

「ル、ドガー様……」

ぴくんと震えはしたが、ルドガーが何をするのか、彼女は待っている。シフォン生地のスカートは薄い。手を添えられるとその熱がすぐにじんわりと伝わって、それだけでヴィルヘルミーナを昂らせるらしい。

ルドガーは彼女のスカートを両側からするするとたくしあげると、膝が見えるくらいまでのところで手を止めて笑ってみせる。

「ほら、持ちあげておいてやるから、乗ってみろ」

「わ、わたくしが……」

「俺の膝をまたいで……そうだ」

ぎこちない動きで、片膝をソファに乗りあげたヴィルヘルミーナは、そこで止まって助けを求めるようにルドガーを見た。足を出されているだけでも恥ずかしいのだろう。これ以上は無理だとでも言わんばかりだ。もっとも、このいやらしい行為を求めてきたのは彼女である。

「しょうのないやつだな」

「きゃっ」

スカートをつかんでいた手を離したルドガーは、彼女の腰をぐっと引き寄せて、膝に座らせた。ルドガーをまたいだ形で対面に座った彼女のスカートは、股を割っているので足のつけ根付近までたくしあげられている。おかげでドロワーズまで丸見えだ。恥ずかしすぎる格好にヴィルヘルミーナの顔はもはやゆでだこである。

「これ以上のことをするのに大丈夫か？」

ぐぐっと彼女の腰をさらに引き寄せ、下半身を押しつける。すでに熱を持って硬くなったそこがヴィルヘルミーナのドロワーズに当たって、割られた秘部が、くちゅ、と小さな音を立てた。

「あっ」

「なんだ、もう触って欲しくなってるのか」

言いながら首筋に唇を這わせる。

「そんな……言わないでください」

「可愛いからつい言いたくなる。少し待て」

「……っ」

ちゅ、とくりかえしリップ音をたてて、首筋から鎖骨にかけて柔肌を味わう。少し汗ばんだ肌はしょっぱいが、それすらも興奮を催した。

（痕をつけたくなるな……）

この白い肌に所有印をつけたら、それは鮮やかに赤く浮きあがることだろう。ルドガーの執着を見せつけて、誰も彼女に手出しできないのだとアピールしてやりたい。子どもの頃はちょっかいをかけてヴィルヘルミーナをいじめようとしていた男どもが、近頃こぞって彼女に欲めいた目を向けているのをルドガーは知っている。もっとも、ヴィルヘルミーナはそんな男どもの目線など気にしていないようではあるのだが。

（……結婚してればつけられるのにな）

婚約者同士が結婚前に契ることは公然の秘密ではあるものの、やはり褒められたものではない。淑女は結婚初夜に乙女を捧げることが美徳とされるし、婚姻までに肉体関係を持つのならば結婚まではそれを隠し通すのが常だ。

痕をつけられない口惜しさをリップ音に変えて、くりかえし口づけを落とす。しかしまだ他の部分には触れないでいる。

「ん、ルドガー様……」

「どうした？」

ルドガーが口を離して目線を合わせてやると、彼女は泣きそうに目を潤ませて、押しつけるように腰を揺らしてきた。

「い、意地悪を、しないでください……」

秘部をこすられれば気持ちがいいことを、ヴィルヘルミーナはもう知っている。だから口づけを落とされて焦らされるたびに、身体の奥が切なくなるのだろう。

「意地悪なんかじゃない。もっと、悦《よ》くするための準備だ」

「準備、ですか？」

「ああ。ほら」

ルドガーは彼女の胸のすぐ下で結ばれているリボンに手をかけると、ヴィルヘルミーナに見せつけるようにゆっくりと、時間をかけて引っ張る。するり、とリボンの輪が抜けると、途端に胸元の生地が緩んで、はらりとドレスの合わせが開かれた。ドレスの下にはさらに肌着を着ているが、肌が透けるほどに薄いそれは、彼女の胸の中央の色づいたところをくっきりと浮かびあがらせていた。

「あ、ま、待って……」

「だめだ」

羞恥で胸を隠そうとした彼女の手を捕まえて、掌に唇を落とす。

「段階を踏む、と言っただろう。前は性急すぎたからな」

ヴィルヘルミーナの腕を首に回させて、ルドガーは下着越しの彼女の腹に触れる。

「じっくり、お前の身体を暴いてやる」

ひそ、と耳元で囁いて、ルドガーは彼女に愛撫を始めた。

薄い肌着越しに、ルドガーは乳房を撫でる。けれど決して胸の中央は弄らず、くりかえしくりかえし、中央付近に指を這わせては胸の丸みをなぞって遠ざける。さらには時折下から持ちあげるように揉んで焦らした。そんな愛撫でも、衣擦れで胸の中央はもどかしくも刺激されるのだろう、すでに尖って形を主張している。

「ふ……ぅ……」

「気持ちいいか？」

「なんか……むずむず、して……」

そう答えるヴィルヘルミーナは、ルドガーの首にまわした腕に緊張が走っている。尖りに指が近づくたびにぴくんと震え、もじもじと腰を揺らす。彼女の胸を弄ったのは、見舞いに行ったときのあの一度きりだから、乳房への愛撫はまだ慣れないだろう。どうされるのが正解なのかわかっていない彼女は、ルドガーの言うことを聞いて大人しくしている。

（意地悪じゃないって言ったら簡単に信じて……本当に可愛いな）

もちろんそれは嘘ではない。焦らしたほうがもっと気持ちよくなる。だが、必要以上に時間をかけてしまうのは、彼女が可愛すぎるからだ。

「どこを触って欲しい？」

「それ、は……」

困ったように顔を歪ませたヴィルヘルミーナは、俯きがちに視線を落とした。秘部に触れて欲しいのだろう。ルドガーの膝に乗った彼女の股からは、こもった熱がじわじわと伝わってくる。だが、そこを愛撫して欲しいと口で直接ねだるのは恥ずかしいらしい。

（早くぐずぐずにしてやりたいが……）

ルドガーはあえてヴィルヘルミーナの意図を無視して、両の手で乳房を包みこんだ。

「これはどうだ？」

きゅっ、と胸の尖りを、突然摘まみあげる。その刺激の破壊力は、今の彼女をのけぞらせるには充分だった。

「ああ……っ⁉」

ヴィルヘルミーナは叫んで背をのけぞらせ、ルドガーの肩をつかんですがった。太ももが痙攣している。蜜壷がうねって、愛液を零し、きゅんきゅんと揺れて軽く達してしまった。

布越しの愛撫ではあるが、しばらく周りばかりを責め立てられていたから、急に強い刺激を与えられて、気持ちよさが止まらないのだろう。

そんな彼女の様子を楽しみながら、ルドガーは指に挟んでこりこりと転がし、尖りの根本をつまんでは引っ張る。敏感になりすぎた乳首をルドガーの指先は実に繊細に虐める。おかげでヴィルヘルミーナの口からは耐えず嬌声が漏れていた。まるで秘部の一番いいところを愛撫されているかのような甘い吐息を吐き続けるヴィルヘルミーナは、胸しか弄られていないのに、また身体が上り詰めていく。

その彼女の太ももに、ルドガーは手を乗せる。けれど、片方の胸を弄り続けたまま、ドロワーズの上から内腿をさするばかりで、秘部には手を伸ばさない。すでに縫い合わせの部分はびっしょりと愛液で濡れて、大きな染みを作っている。股を割っているせいでドロワーズは割れ目にぴったりと貼りついていた。そこを見れば、彼女の内側をヒクヒクと痙攣させているのもしっかり観察できたことだろう。

「あ、あ、る、どがー、様、そこ……あっそこばっかり……んんっ」

「気持ちいいだろう？」

「ん、そう、ですが……ひぁああんんっ!?」

もじもじと腰を揺らしたヴィルヘルミーナの秘部に、つん、とルドガーの指先が触れた。

「ああ、当たってしまったな？　仕方ない」

秘部の花弁全体を掌で包んで、間の肉の芽を挟んで刺激しながら揉みこむ。

「ふぁ……っあっそれ、あっぁっるど、が、あんっ」

もっと刺激が欲しいとばかりに、甘えたヴィルヘルミーナが腰を擦りつけてよがる。ドロワーズ越しだというのに、ルドガーの掌は彼女の愛液でべとべとだ。

(ヴィルヘルミーナがこんなにやらしいとはな。いや、俺がそうさせてるのか？　記憶喪失の前まで、色事なんて知らない顔をしていたのに)

だらしなく口を開いて、頬を紅潮させた切なげな顔で喘ぐ。潤んだ目を細め、キャラメル色のまつ毛が濡れていた。その様は苦しげなのに、緑の瞳は熱を灯して希うようにルドガーを見つめているのがいじらしい。いつも品行方正で人の言動の良くないところを指摘する、ツンツンした態度からは、こんな顔は想像できないだろう。

(俺だけの顔だ)

そう思った途端に、いよいよズボンを押しあげる熱源が硬くなる。けれど、まだ、ヴィルヘルミーナを突きあげるわけにはいかない。

「ミーナ、直接触るぞ」

「は……い？」

快楽で蕩けているヴィルヘルミーナのドロワーズの紐を緩めて、その中へと手を差し入れる。ぐちゃぐちゃに濡れそぼった秘部は、もはや下生えまでもが愛液にまみれ、割れ目からは肉の芽がぷっくりと顔を出していた。その筋に沿って指を進め、肉の芽を無視して蜜壺へと滑りこませる。

「ふぁ……っあ、あ、あ、るど、あんっゃ、つよすぎ、あ、あぁっ」

入り口のすぐ近くをぐっぐっとくりかえし押してやると、彼女はよがりながらルドガーの指をぎゅうぎゅうと締めつける。中を押すたびに掌が肉芽に当たるのも、彼女にとっては甘美な悦《よろこ》びでしかないのだろう。強すぎるとは言うものの、彼女の快楽の壺がうねるたびに、ルドガーに気持ちいいと訴えている。

「あ、あ、へん、です……っまた、あの……なんか、きちゃう……やっこわい……」

あまりの気持ちよさに、腰を浮かせようとした彼女を、ぐっと引き寄せて、ルドガーは抱きしめながらなおも内側をかき回す。

「大丈夫だ、そのままイってしまえ」

彼女の耳元で、低く囁く。

「ひあ……っあ、ぁああ、あああああ……っ！」

支えているルドガーの腕をぐぐっと押しながら、ヴィルヘルミーナは大きく背中をのけぞらせた。そのままがくがくと揺れて、蜜壺はリズムを刻んでぎちぎちとルドガーの指を締めあげる。先ほどの軽い絶頂に比べて、今度は痙攣の程度も長さも、ずいぶんと強い。

「あ、あ、は……ぁっぁ……あ」

やがてゆっくりと収縮が治まると共に、胸を大きく揺らして息を吐いたヴィルヘルミーナはかく、と全身が脱力して、ルドガーの腕に体重を預ける。

「……上手にイけたな」

彼女の身体を自分に引きよせて頭を胸に乗せさせると、ルドガーは額に口づけてヴィルヘルミーナを労う。

「そろそろ終わりにするか」

柔らかい彼女の身体を抱き寄せているルドガーのズボンのテントは、はちきれそうなくらいに膨らんでいる。かといって今それを解放してヴィルヘルミーナを貫くことはできない。

（避妊の準備がないからな……）

奥歯を噛んで、なんとかルドガーは耐える。

ヴィルヘルミーナはのっそりと首を動かして、ルドガーを見上げた。まだ呼吸が荒く、潤んだ瞳は彼女がまだ情欲の熱に浮かされていることを示している。

「る、どがー様は……？」

「ん？」

「わたくし、ばかり気持ちよくなって……ルドガー様は……全然、してない、です。あの、こするのを、されないんですか？」

秘部に肉棒を擦りつけて射精しないのか。そう尋ねられて、ルドガーは大きな声を出しそうになった。それを慌てて咳払いで誤魔化す。

「……俺は大丈夫だ」

もちろん、全然大丈夫ではない。大丈夫ではないが、先日のように股にこすりつけて快楽を得るのだって、本当はよくない。挿入だけして中に白濁を注がなかったとして、割れ目の付近に子種が伝えばそれだけで孕ませる危険はあるのだ。先日は我慢が効かなかったが、今日はヴィルヘルミーナの屋敷であることも相まって、かろうじて理性が残っている。

股を擦り合わせるだけだとしても、避妊薬が必要だ。そうルドガーは考えて、この先の行為をしないと決めたのに。

「ここ……辛そうです」

すり、と彼女の華奢な手がルドガーの股を撫でる。ズボンを押しあげた熱源には、それだけで刺激が強かったが、またもルドガーは咳払いをしてこらえた。

(これで煽ってるつもりはないんだろうな……)

先ほどのわかりやすいアプローチと違い、純粋に心配する風情だ。達したばかりでまだ身体がだるいだろうに、ルドガーを心配してくるのが可愛かった。しかし、それを上回るほどに、淫靡でいやらしい。前をはだけさせ、股を濡らし、ルドガーの胸に頭を預けて上目づかいで見つめながら男根をさする婚約者を、邪な目で見るなというほうが無理だ。

けれど、ルドガーは騎士道で鍛えた鋼の精神をなんとか奮い立たせる。彼女の手を外させて、ぎゅっと抱きしめて拘束し、それ以上触れないように阻んだ。

「今したら、擦るだけじゃ終わらない」

「？」

こてん、と首を傾げた表情が、またも劣情を煽る。

「お前の中にこれを挿《い》れて、孕むまで子種を注ぐのを我慢できそうにない」

腰をぐっと圧しつけながら耳元で囁けば、ヴィルヘルミーナの息を呑んだ音が聞こえる。

「それじゃあ困るだろう？」

ちゅ、と耳に口づけを落としてルドガーが言うと、腕の中のヴィルヘルミーナは小さく頷いた。

そのまま顔を上げないのは、疲れているのもあるだろうが、自分がどれだけはしたないことをしようとしていたのかに気づいたからに違いない。

(本当に、可愛すぎるな)

彼女のキャラメル色の髪に口づける。

「避妊の準備ができたときに、また続きをさせてくれ」

その言葉に、またヴィルヘルミーナが小さく頷く。最後までする気が彼女にもあるのだ。そう思うと、まだまだ下半身は治まりそうにないが、腕の中の可愛い婚約者を守るために腕に力をこめる。

「好きだ、ミーナ」

自然と口をついたその言葉だったが、これはもう交際のステップをちゃんと踏んだということでいいだろう。

「わたくしも……」

控えめな言葉が返ってきて、ルドガーは笑む。

ヴィルヘルミーナとの仲が順をすっとばしがちだったルドガーは、こうして彼女からのアプローチによって仲を深めるのに成功し、有頂天を極めたのだった。

第三章　奥まで繋がって

ヴィルヘルミーナからのアピールで何歩も仲が進展した二人は、あれ以来スキンシップが加速度的に増えた。デートのたびに自然な触れ合いをして、肌に触れることが多くなったのだ。とはいえ、彼らは結局最後まではシていない。そもそも日中のデート中には、長時間二人きりになれる機会がほとんどないからだ。

ヴィルヘルミーナの部屋で二人きりになったとき、おそらくルドガーとの行為は黙認されていたのだろう。かと言ってそれに甘えて、昼間のデート中に盛るわけにもいかない。

何しろヴィルヘルミーナは初めてだ。ムードは大事にしたいし、しっかり時間をかけてやりたい。そう思うと日中のデートでことを成すのは無理だった。

そんなわけで、避妊薬を用意したものの、触れあっても馬車の中でヴィルヘルミーナを愛撫するに留まっていた。清くはないものの、純潔を守ったまま二人の交際は順調に深まっている。

ルドガーにたびたび手紙を送ってきていた元彼女もどきも、ようやく諦めたのかぱたりと連絡が途絶えた。さらにはヴィルヘルミーナと婚約して数カ月、他の女性との交流をキッパリと断り、不要な賛辞もすっぱりと辞めている。おかげで、ルドガーに熱をあげていた他のご令嬢がたも、彼のことを追いかけまわすのを諦めたようだ。今までは熱烈に交際を申しこめばいけるのではないかと思われていたルドガーが、本命に目覚めたともっぱらの噂だった。無意識の賛辞のせいで女誑《たら》しだと誤解を受けていた彼も、やっと汚名を返上したわけである。

こうしてさまざまに状況が進展する中、ルドガーはさらに一歩、ヴィルヘルミーナとの仲を深めるべく、ある作戦を決行することにした。その名も『晩餐お泊まりデート』である。日中、ムードを作ってゆっくり時間をかけることができないなら、ヴィルヘルミーナをダールベルク家に招いて泊まらせ、まとまった時間を作ってしまえ、というものだ。これはアロイスのアドバイスだった。

もちろん、このお泊まり決行はシュルツ家のあと押しを受けてのものである。シュルツ夫人に先日の帰り際に「いつ最後までするの？」などと言われてしまったので、この作戦は実現した。

ヴィルヘルミーナを夕暮れどきに招待したルドガーは、両親を交えて早めの晩餐に舌鼓をうち、食後酒と会話を楽しみながら談話室で和やかに話している。その内にダールベルク夫妻が湯あみのために先に席を外し、キャンドルで彩られた談話室の中はルドガーとヴィルヘルミーナだけになった。

ソファに隣り合って座るヴィルヘルミーナの頬がほんのりと赤いのは、酒のせいばかりではないだろう。急に口数の少なくなった彼女に、ルドガーは内心で笑み崩れる。だが表には出さずに、酒杯をテーブルに下ろしてそっと彼女の手に自分のそれを重ねた。

「ミーナ」

指を絡めて、囁くように発した声は、酒のせいか少し掠れている。それが妙に低く甘く耳に響いたらしい、ヴィルヘルミーナは身体を震わせた。けれど、それは拒絶ではない。指を絡めるのに応じて、彼女はルドガーの肩に頭を預けた。

ふわり、と髪につけた香油がルドガーの鼻をくすぐる。彼女とこの至近距離になるのは珍しいことではない。だから気づいたが、いつもとは違うほんのりと甘い香りだった。それはヴィルヘルミーナがダールベルク家に来る前に、念入りに身支度をしたことの証なのだろう。

「可愛い」

ちゅ、と髪に口づけを落として、ルドガーは彼女の様子を窺う。するともじもじした様子のヴィルヘルミーナが遠慮がちに彼を見上げた。

「ルドガー様……その、今夜はいつまでこちらに？」

「お前がよければだが……今から俺の部屋に来ないか？」

ルドガーの言葉に、ヴィルヘルミーナはきゅうっと手に力が入る。緊張の面持ちでさらに頬を赤くしたヴィルヘルミーナは、一瞬返事に詰まって固まってしまったらしい。けれどすぐに、小さく頷いた。

「……はい。連れていって、ください」

その返事を受けて、ルドガーは逸る気持ちを抑えながら、ヴィルヘルミーナをエスコートしてできるだけゆっくりと廊下を歩いた。

部屋についてしまえば、きっとすぐに押し倒してしまうだろう。この後の段取りについて色々と考えていたはずだが、いざヴィルヘルミーナを目の前にすると、ルドガーは冷静でなどいられない。だからせめて、部屋に着くまでの時間だけでも、ヴィルヘルミーナに覚悟を決める猶予を与えたかった。

（ヴィルヘルミーナは初めてだからな……）

すでに何度も愛撫をしているし、ルドガーの肉棒を擦りつけたことだってある。だが、それと純潔を捧げることとはまったく次元の違う緊張を強いられるだろう。何しろ、純潔を捧げてしまえば、嫁げる相手はルドガーしかいなくなるのだ。

それに、破瓜はどんなに解していても一般的に痛いと聞く。シュルツ夫人のことだから、ヴィルヘルミーナに初夜の心得的なものを言い聞かせていることだろう。スキンシップに積極的な彼女が緊張の面持ちなのは、その痛みを恐れているのもあるに違いない。

（……気をつけないと、夢中で腰を振ってしまいそうだな）

そんなことを考えているうちに、ルドガーたちは部屋に着いてしまった。

ベッドにサイドチェスト、そして書棚と小さなテーブルに椅子が二脚。殺風景とも言える部屋の中はメイドが先回りして寝仕度を整えてくれており、カーテンがぴったりと閉じられ、明かりはすでにテーブルの上のランプのみだった。一緒に葡萄酒と軽食が用意されているのは、気遣いだろう。いかにも、これから部屋の主が誰かを迎えて、そこで共に時間を過ごすという体だ。ご丁寧に杯は二個用意されている。

「……少し、飲むか？」

部屋の入り口に佇んだまま、固まってしまったヴィルヘルミーナの顔を窺って、ルドガーが尋ねる。

「いえ……」

ふるふると首を振ったヴィルヘルミーナは、エスコートのために組んだ腕に、ぎゅっと力をこめた。ルドガーは彼女を正面に向きなおって抱き寄せると、頬に手を添えてヴィルヘルミーナの緑の目をまっすぐに見つめる。

「今からお前を抱くが、いいのか？」

ムードもへったくれもない。けれど、ヴィルヘルミーナは目を細めて微笑んだ。

「はい。……わたくしを、ルドガー様のものにしてください」

いじらしいおねだりをされて、たまらずルドガーは彼女の唇を奪う。軽くついばんで気持ちを高めることすらできず、彼は性急に舌を差しこんだ。なのに拒まれるどころか、待っていたかのように舌が絡んできて、ちゅくちゅくと唾液が二人の唇を濡らす。

「ん、んん」

舌を絡めて夢中で吸い合い、ルドガーは無意識に彼女の腰へと手を伸ばした。今夜の彼女の装いは、以前ルドガーを誘惑してきたのと同じタイプのドレスだった。秋という季節に合わせて長袖ではあるものの、薄衣を重ねてコルセットを排除したドレスは、服越しに撫でてもしなやかで女性らしいカーブがわかりやすい。柔らかく弾力のある尻を撫でまわしていると、やがてヴィルヘルミーナの身体から力が抜けてきた。蕩けた彼女が助けを請うように、きゅ、と服をつかむ。唇を離せば気持ちよさで潤んだ目のヴィルヘルミーナと目が合って、ルドガーは笑んだ。

「ベッドに行こう」

囁いたルドガーはヴィルヘルミーナを横抱きにして歩き、ベッドにゆっくりと彼女を下ろした。そうして自分もベッドに乗りあげ、ヴィルヘルミーナを組み敷く。

普段自分が寝ているベッドに、ヴィルヘルミーナが横たわっている。見下ろした彼女は、暗い寝室の中でも、美しい緑の瞳がきらめいて見える。ランプの薄明かりでオレンジに照らされたキャラメル色の髪は、婚約のときのテラスを彷彿とさせた。拒絶され逃げられたあの夜と違って、これからのことをヴィルヘルミーナは受け入れてくれるのだろう。かつて脳内に描いた妄想が、今から現実になるのだ。

（……本当に、これでいいのか？）

不意に、ルドガーは心配になった。

彼に抱かれるために大人しくベッドに横になっているヴィルヘルミーナは、確かに『ヴィルヘルミーナ・シュルツ』で、ルドガーの婚約者だ。今から彼女の初めてをもらうのだって、泊まりを了承した時点で彼女も覚悟のうえだろうし、彼女の母親だってあと押しをしている。

けれど、今、ここにいる彼女は『あなたと婚約なんかしたくなかった』と言ったヴィルヘルミーナではない。

そのことが急に、ルドガーの胸を衝く。

「ルドガー様……？」

急に止まってしまったルドガーに、どうしたのかとヴィルヘルミーナが声をかけた。

「ミーナ……」

そっと彼女の頬に手を添えると、すぐにその手に重ね返して、ルドガーの言葉を待ってくれる。

その仕草がまた、記憶を失う前のヴィルヘルミーナとは違う反応でルドガーは胸が詰まる。

「今さらになって言うのは、卑怯だと思う。だが、言わせてくれ」

「どうしたんですか？」

急にトーンの下がったルドガーに、きょとんとしたヴィルヘルミーナは頬の手を離さないままに聞く。

「俺は……いや、お前が記憶を失う前」

「はい」

「ヴィルヘルミーナ、お前は俺のことを嫌っていたんだ」

自分で言いながら、ルドガーは苦しくなる。『婚約したくなかった』とは、つまりはそういうことだろう。

「……はい？」

きょとんとしたままのヴィルヘルミーナが、わずかに眉間に皺を寄せる。

「あの……何かの間違いでは？」

「いいや。本当だ」

きっぱりと断言したルドガーに、ヴィルヘルミーナは少し考えるような顔になる。

「隠していてすまない。……もし、お前の記憶が戻ったとき、嫌いな俺に抱かれたことを知ったら、きっと……『ヴィルヘルミーナ』はいやがるだろう……？　俺は、お前にこれ以上嫌われるのは、耐えきれない」

もともと卑怯と罵られることを覚悟で、記憶が戻っても離れられないくらいに口説き落としてやろうと思っていた。にもかかわらず、今さらになってルドガーは怖気づいたのだ。今はヴィルヘルミーナが目の前で頬を染めて笑ってくれている。だが、このまま肌を重ねて、いつか記憶が戻ったとしたらきっとヴィルヘルミーナは『騙して処女を奪うなんて最低』と罵るだろう。そんな姿が容易に想像できる。記憶をなくした彼女と相思相愛になり、気持ちに応えてくれる幸福を知ってしまった。そんな今、わずかにでもヴィルヘルミーナから嫌悪の感情を向けられることなど、耐えられそうにない。

ルドガーは心痛に顔を歪めながら、ヴィルヘルミーナの言葉を待つ。しかし、彼女はそんな告白に、なぜだか、ふふっと笑った。

「ルドガー様は意外と心配性なんですね。知りませんでした」

嬉しそうに笑ったヴィルヘルミーナは、腕を伸ばすとルドガーの首を引き寄せて、軽く唇を重ねる。

「大丈夫ですよ。わたくしはルドガー様が好きです。今も、昔も、ずっと」

「だが」

「わたくしがルドガー様を嫌うなんて、ありえません。記憶を失ってからのわたくしに、ルドガー様は真摯に向き合ってくれたじゃありませんか。もう、何回惚れ直したかわからないくらいなんですから」

「ミーナ……」

情けなく眉尻の下がったルドガーに、ヴィルヘルミーナの唇がもう一度重なる。

「それに」

言葉を切ったヴィルヘルミーナは、それまでの優しい笑みから一変して悪戯っぽい表情になる。

「もしわたくしの記憶が戻って、万が一『嫌い』って言っても、ルドガー様はわたくしをまた惚れ直させてくださるでしょう？」

挑発的な言葉だが、それはルドガーへの絶大な信頼だった。そして、こんなふうに挑発してくるのは、記憶を失う前のヴィルヘルミーナも同じだ。

「……ああ、そうか」

呆然としながら、ルドガーは呟く。

嗜好や癖、ちょっとした仕草、そして物事の捉え方など、ヴィルヘルミーナは根本的なところでは記憶を失う前と何も変わらない。それは記憶をなくした彼女を初めて見舞ったときに気づいていたことなのに、怖気づいたルドガーはそんなことも忘れていたらしい。

自分にまつわることやルドガーに対しての気持ちを忘れていても、ヴィルヘルミーナは、ヴィルヘルミーナだ。

「そうだな。……俺は、何度でもお前を口説くよ」

「お願いします」

柔らかい表情になったヴィルヘルミーナに、ルドガーはほっとして唇を重ねる。

「こんな情けない男で申し訳ないが、俺に抱かれてくれるか？」

本日二度目の伺いをたてて、ルドガーはその答えを聞く前にまた唇を吸う。絡める舌に応える熱が、彼女の答えだった。

そうして二人の初めての情事が始まる。貪るように肌に触れながら、ヴィルヘルミーナのドレスを脱がした。口づけを重ね、胸をくりかえし弄る。甘い声をあげながら愛撫を受けた彼女の秘部は、触れられていないにもかかわらず、すでにとろとろだ。

「るど、がー様も、脱いで、ください……」

拗ねたふうに彼女がねだる。ルドガーはヴィルヘルミーナの服を全て剝ぎ取っておいて、自分自身は上着を脱いだだけでそれ以外の服を着たままだった。

ちょうどヴィルヘルミーナの股を開かせて、彼女の秘部に舌を這わせようとしていたルドガーは苦笑した。

「もう少し、お前を解してからにさせてくれ」

「でも、わたくしばっかり……」

ヴィルヘルミーナは口を尖らせる。彼女の訴えはもっともだろう。今までルドガーが彼女を愛撫していたとき、ズボンをずりおろして肉棒をあらわにしたことはあっても、彼が服を脱いだことはない。

ヴィルヘルミーナばかりが乳房も秘部もすっかりルドガーに余すところなく見られているのは不公平だ。

「では上だけな」

「………」

ルドガーは膝立ちになってヴィルヘルミーナを跨ぐ。その彼の挙動に、ヴィルヘルミーナの視線が釘づけになった。熱い眼差しを受けながら、ルドガーはタイを緩めてシャツを脱ぎ捨てる。騎士の鍛錬で磨かれた身体は、上半身だけでも彼女には刺激が強いだろう。

「これでいいか？」

ランプに照らされて浮かびあがった裸体から、ヴィルヘルミーナは目を逸らすこともできないらしい。

「………こちら、は？」

くい、とズボンを指先で引っ張ったヴィルヘルミーナが口を尖らせる。そんな彼女に対して、ルドガーは自らの腰に手を添えて、視線を股へと誘導した。そこは硬いものが形を主張し外に出せと訴えていて、いかにも窮屈そうだ。ルドガー自身、早く開放したいと思ってはいるのだが。

「今脱いだら、すぐにでもお前の中に挿《い》れてしまいたくなる」

「その準備は……できています」

恥ずかしそうに、けれど意志の固い声音で告げたヴィルヘルミーナに対し、ルドガーは首を振った。

「だめだ」

ヴィルヘルミーナの太ももをつぅっと一撫でしたルドガーは、そのまま秘部に指を潜りこませる。熟れた花弁は、くちゅりと音を立てて指の侵入を許したが、それはまだ一本のみである。彼女の蜜壺は指一本での愛撫には慣れているが、それ以上の太いものはまだ受け入れたことがない。

「は、ぁんんっ」

「ここ」

ヴィルヘルミーナがいつもよがる、入り口すぐ傍の壁を押した。それからゆっくりとさらに奥に指を進めて、穴を広げるようににゅくにゅくとかき回してやる。これは初めての動かし方だ。慣れないせいか、ヴィルヘルミーナは小さく声をあげてそのたびごとに新しい蜜を零した。充分に潤ってはいるものの、純潔の乙女の秘孔はまだまだ柔らかさには欠けている。

「ここに、俺を挿《い》れるのに、まだ……狭いだろう?」

「ん……え……?」

震えながら愛撫を受けるヴィルヘルミーナは、何を言われたかわかっていない様子だ。それに構わず、ルドガーはもう一本指を増やしてやる。たったそれだけで先ほどまで広そうに思われた穴は、急に狭く感じられた。

「あっあんっ」

ぐちゅ、ぐちゅ、と二本でかき混ぜるとそれでも少しずつ解れてくる。

「も、もう、だいじょ、ぶ……あっあっ」

だから早く挿《い》れろとねだる。蕩けた顔が切なげだ。

「いいや、まだ。俺のを挿《い》れるなら、指三本くらいは必要だ」

「やっあっ、あ、あ……でも、あっこのままじゃ……んんんっやっイっちゃ……」

指二本でかき混ぜるのにも慣らされてきた蜜壺は、今度は広さを失ってうねりながら、ぎゅうぎゅうに指を締めつけ始める。

「いい、そのほうが解れるだろう」

「や、やだ、イっちゃ、んんんっ」

「ほら、イけ」

ルドガーの指が、ほったらかしだった肉の芽をこする。最後の一押しは、それで充分だった。

「ひぁあああ、ああ……っ！」

瞬間に、ヴィルヘルミーナはがくがくと腰を震わせて絶頂に達した。指一本で達したときに比べると、その締めつけは激しく、きつい。

(これを俺ので受けたら、すぐイきそうだな)

奥歯を噛みながらルドガーは達して喘ぐヴィルヘルミーナを見つめる。やがて痙攣が収まったところに、三本目の指をゆっくりと足した。

「どうだ？　きつくないか？」

達したあとで充分に中が落ち着いてから指を増やしているのに、蜜壺はぎちぎちだ。ということはもう彼女の中が三本の太さでいっぱいだということだろう。これ以上穴を広げたいなら、破瓜するしかない。

けれど、彼女の答えは変わらなかった。

「……っだ、いじょうぶで、すから……」

「まったく、お前はいつも素直なくせに、今日は強情だな」

「だ、って……早く、ルドガー様と、繫がり、たくて……」

股に指を三本も突っこまれて、そんなことを言う。

「………ミーナはずるいな」

溜め息を吐いて、ルドガーは彼女の中から指を引き抜いて、ベッドから降りた。

「ルドガー様……？」

急に離れたルドガーに、不安そうなヴィルヘルミーナの声がかかる。その彼女の目線を受けながら、ルドガーはサイドチェストの中からオイルの入ったボトルを取り出すと、ズボンを脱ぎ捨てながら再びベッドに乗りあげた。

「そんなことを言われたら、我慢できないだろうが」

「んっ」

唇を合わせて舌を吸い、ルドガーは屹立した男根を彼女の太ももに擦りつける。先端からは彼女を求めて先走った透明な液が漏れて、ヴィルヘルミーナの肌を汚した。この怒張で、今から彼女のもっと奥深くを犯して繫がるのだ。

「あんまり解《ほぐ》れていないから、痛いかもしれないぞ？　これが、お前の中に入るんだ」

ヴィルヘルミーナの手を自身の肉棒に誘導して、その太さを確認させる。

「……大きい……」

「っそう、だな」

大きさを確認するためか、ヴィルヘルミーナのしなやかな指が、きゅっと竿を握りこんだ。最近の彼は、ヴィルヘルミーナを愛撫するばかりで、自身が気持ちよくなることはご無沙汰だ。だからこの手でさすられる快楽に身を委ねそうになった。しかし、彼女が腰を揺らして自らの秘部に導こうとしたところで、はっとする。

「待て。油断も隙もないな」

苦笑しながら腰を引かせると、ルドガーは先ほど出したボトルの蓋をあけた。

「これを中にたっぷり塗りこんでからだ。お前に子種を注いでも大丈夫なようにな」

「あ、はい、その……すみません」

避妊もせずに早く貫いてくれとねだり続けていたことにようやく気づいたらしい。ヴィルヘルミーナは、そこでやっと恥ずかしそうにする。けれど、その羞恥は股への刺激ですぐに吹き飛んだ。

「ひゃうっ!?」

とろっとした冷たいオイルを下生えに直接垂らす。それを零さないようにと、ルドガーが掌で揉みこみ花弁を包んでやれば、すぐに肌で温まった。次は彼女の蜜壺の奥にまでぐちぐちと塗りこんでいく。

「んっんっそれ、あっルド、が、さま……っ」

「気持ちいいだろう？　少し催淫効果があるものを選んだからな。初めてでも痛みが抑えられるはずだ」

だからといってこんなすぐによがるはずはないので、単純にルドガーが中をかき混ぜるその動きが気持ちいいだけだ。子宮口の周りを入念に塗りこめば、そこが押される感覚になるのか、ヴィルヘルミーナは小さく声をあげる。けれど、絶頂にまで上り詰める前に、ルドガーは指を引き抜いた。

「足を広げるぞ」

「あっ」

太ももを抱えて、腰が少し浮くほどにぐぐっと大きく股を開かせれば、秘部がぱっくりと口をあけた。あたかもルドガーに割れ目を差し出させるかのような形だ。

「ルドガー様……！」

羞恥の悲鳴をあげるヴィルヘルミーナに、ルドガーは苦笑してみせる。

「悪いな。できるだけ足を開けば、その分痛くなくなるらしいから」

言いながら、ルドガーは割れ目に自身の肉棒を乗せる。

「……っ！」

彼女の秘部に対して、ルドガーの怒張しきったそれは、あまりにも太く硬い。先ほどヴィルヘルミーナは自身の手で太さを確認したばかりだったが、熱源が押し当てられて改めてその大きさを見せつけられ、こくりと小さく息を飲む。

「オイルで滑りをよくしよう」

「は、い……」

自身の肉杭にオイルを少し垂らし、ルドガーはそのまま腰を前後させて、ぬりゅぬりゅと割れ目と竿の間の滑りをよくする。手でもオイルを塗りつけて、数度抽送の真似事をしたあとに、穂先を入り口にぐっと押しつけた。

「……いいな？」

主語はないが、再三の確認である。しかしヴィルヘルミーナは微笑んだ。

「はい」

「ミーナ」

ゆっくりと、腰を下ろしてルドガーが彼女の中に入っていく。指三本は先ほど入っていたが、それでもやはり入り口は狭い。

「……っ」

痛みに耐えかねたのか、彼女はぎゅっとシーツを握り締めた。

「力を抜け、余計に痛くなる」

「で、も……」

「ほら」

「あっ」

ルドガーの指が、肉の芽を嬲る。

「やっそんな、あぁ、だ、めぇ……！」

気持ちよさに彼女の蜜壺はうねり、さらに力が入ったようだ。けれど穴を押し広げられる痛みよりも快感が勝るらしい。シーツを握る手は離さないが、嬌声をあげながら彼女は耐えている。

「ん、んんっ」

ルドガーはその間もゆっくりと腰を沈め、やがてそれ以上彼女の奥へと進めなくなった。根本まで、まだ数センチ残っている。今の彼女にはここまでしか受け入れられないということだろう。

「奥まで入ったぞ」

「あ……本当……ですか？」

は、と息を吐いたヴィルヘルミーナは、苦しそうな表情ながらも、ほっとしたように口元を緩めた。目尻に浮かんだ涙が色っぽいうえ、破瓜したばかりの蜜壺はきゅうきゅうと肉棒を締めつけてくる。

(やばいな)

今すぐにでも腰を振りたいのを我慢して、ルドガーはヴィルヘルミーナの頬を撫でた。

「ああ、大丈夫か？」

「……少し、痛い……ですが。嬉しいです。やっと、ルドガー様と一つになれました」

(こいつは……！)

早く彼女の胎を子種で一杯にしたい。白濁を溢れさせて、孕ませてやりたい。その気持ちが、怒張をさらに硬く太くする。

「ん……っ？」

大きくなった違和感に、彼女も気づいたのだろう。けれどそれには触れずに、ルドガーの手に頬ずりして、幸せそうに笑む。

「ルドガー様、動いて、いいですよ」

「……っ、あんまり可愛いことを言うな！」

「ひゃぁんっ⁉」

堪らず、ルドガーはもうそれ以上進むことのできない彼女の奥を、ぐりぐりと穂先で押しこむ。胎を揺らされたヴィルヘルミーナは初めての感覚に悲鳴をあげたが、その声音は甘い。痛みで漏れたものではないのだろう。それがルドガーの行為を助長させた。

「あっあっ、るど、あっそれ……あ……っ⁉」

腰を揺らして、胎を虐める。破瓜のせいで中が痛いはずなのに、内臓をがつがつと抉られるその刺激が、ヴィルヘルミーナにとってはすでに快感らしい。

「気持ち、いいか？」

「わ、かんな……あっあんんっ」

嬌声ときゅうきゅうと締めつけてくる蜜壺の動きで答えはわかっている。けれどルドガーは意地悪く続けた。

「じゃあ、もっと揺らしてみないとな？　お前が気持ちいいかどうか確かめるために」

ぐりぐりと押す動作をくりかえしていると、やがて泡立った愛液に混じって桜色の血が零れてくる。けれど、その蜜の多さが、彼女にとって痛みよりも快感が勝っていることを証明していた。

「あ、あ、だめ、んぅっる、どが、あっあああ……っ！」

急激にぎゅうっと引き締まった膣内がガクガクと痙攣する。その肉棒を搾り取るような動きに、ぎくりとしてルドガーは腰を止めた。

「……っ」

リズミカルな締めつけが、子種を出せと甘くねだる。それをルドガーは奥歯を噛みしめて耐えた。数カ月ぶりに情事をする彼にとっては強すぎる刺激だ。しかもヴィルヘルミーナとしていると、なぜだか異常に気持ちがよくて仕方がない。早く終わらせるつもりなどないのに、気を抜けばあっという間に果てそうだ。

(まだ、始まったばかりだってのに)

「……もう中でイけるのか。ああ、それに俺のも全部入ったな」

気づけば、根本までずっぽりと納まっている。ぐりぐりと押している間に彼女の中がさらに押し広げられたらしい。

「あ、は……ぁ、そ、うなんですか……？」

「ああ。じゃあこっちの動きは好きか？」

ゆっくりと腰を引いて穂先ぎりぎりまで男根を引き抜き、再度奥まで腰を沈める。突きあげるときには肉杭で壁をこすりあげるようにわざと強く当ててやった。

「ん、……へん、なかんじ、です……」

「そうか？」

ずるる、と引き抜いて、ごりごりと突きあげる。それをゆっくりゆっくり何度もくりかえしてやると、段々とヴィルヘルミーナの口からまた甘い声が出始めた。

「あ、は……ア、な……か、きもち、い……ルド、がさま、きもちい、い、あっいい、です……っ」

「っああ」

素直に快感を口にするヴィルヘルミーナに煽られて、ぐんっと奥を強く突きあげる。

「あ……っ⁉」

「ミーナ、早く、するぞ……！」

もう無理だった。彼女の腰を強くつかんで、ばちゅばちゅと音をたてて肉棒を前後させ、ルドガーは快楽を貪る。

「あっぁっそ、な、強くされ、たら……っあ、だめ、だめぇ……っ！」

中を強くこすりあげ、奥をがんがんと揺らして、ヴィルヘルミーナに覚えたての悦楽を連続で叩きこむ。ぎゅうぎゅうと締めつけて次の絶頂へと向かう彼女の蜜壺は、再びルドガーに子種をねだって腰を揺らした。

「クソっ、ミーナ！　ミーナ、すまない……もう、出して、いいか？」

「ん、あっあ、ああ、るど、が、さまぁああっ、あんんっ、き、て、あ……っ、だ、して、くだ……ふ、ぁぁぁああああっ！」

どちゅんっと一際強く、腰を打ちつける。その衝撃でヴィルヘルミーナの胎は、がくんと揺れて快楽の頂点へと達した。ガチガチに硬くなった肉杭は、それに促されるようにびゅうっと熱い白濁を彼女の最奥で吐き出し始める。びゅくんびゅくん、とどちらの痙攣なのかわからない震えと共に、ヴィルヘルミーナの胎に熱い子種が広がっていった。

「……あ、るどが、さま……」

「ミーナ……頑張ったな」

繋がったまま、ルドガーは息も絶え絶えのヴィルヘルミーナの額に口づける。すると彼女はくすぐったそうに微笑んだ。

「もう少し、お前と繋がったままでいたいんだが、いいか？」

「え、と……は、はい」

しどろもどろに答えた彼女の表情だけで、彼の肉杭はまたむくりと反応する。それを無視して、ルドガーは彼女に覆いかぶさるようにして抱きしめると、身体を反転させてヴィルヘルミーナを自分に乗せた。繋がったままの蜜壺は、肉棒を包みこんでぴくぴくと揺れている。

胸に頭を預ける形となったヴィルヘルミーナは、もぞもぞと動いて、ルドガーの顔を窺い恥ずかしそうに尋ねた。

「ルドガー様、お、重くないですか？」

「お前は軽いよ。それより……」

ルドガーはヴィルヘルミーナのキャラメルの髪を一筋すくって口づける。

「ミーナはいつまで俺のことを、『ルドガー様』と呼ぶんだ？」

「え？」

ぱちぱちと目を瞬いて、ヴィルヘルミーナはきょとんとする。どうやら思ってもみなかった話題だったらしい。

「俺たちはもうすぐ夫婦になるだろう？　敬語も、そのうちやめてくれると俺は嬉しいんだが」

「そっ……う、ですね……」

夫婦という単語に頬を染めたヴィルヘルミーナに、ルドガーは目元を緩ませる。本来なら夫婦になってからやるべき情事を今終えたばかりだというのに、結婚の話題に照れるのかと思うと、可愛らしくてたまらない。無防備にも裸体をルドガーに差し出しているにもかかわらず、彼女はそんなことで恥ずかしがるのだ。悪戯を仕掛けてやりたくなる気持ちがむくりと湧いたが、なんとかそれを我慢する。

「あ、あの……ルドガー様。それなら、お願いしたいことがあるんですが……」

「なんだ？」

「その……」

迷ったように目線をさまよわせて、ヴィルヘルミーナはちらちらと上目遣いでルドガーを窺う。

「言ってみろ。俺は多分、お前の願いごとはなんでも叶えてやるぞ？」

「それはわたくしに甘すぎます！」

ぱっと怒ったふうに言ったが、すぐに「うぅ」と頬を赤らめて、ヴィルヘルミーナはまた躊躇いがちにルドガーを見つめた。

「……その、呼び捨てにするなら……『ルド』って呼んでも、いいですか？」

遠慮がちにねだるのがこれである。

「……っ、お前というやつは」

「だ、だめですね、すみません。ルドガー様」

「違う」

ぐっ、とルドガーはヴィルヘルミーナの尻を両手でつかんで、逃げられないようにする。繋がったままだった彼の肉杭は、とうとう突きあげるのに充分なほどに硬度が復活していた。

「お前は本当に可愛すぎる。あだ名くらい、好きに呼べ」

「ひぁっ⁉」

言葉を切るのと同時に、ルドガーは下から突きあげ始める。そうして煽られまくったルドガーは欲望を抑えることなどできず、なしくずしに二度目の行為に突入したのだった。

二人はこうして奥まで繋がって、結婚までも秒読みとなった。しかし、禍いというのは忘れた頃にやって来る。幸せの絶頂にあるルドガーたちを襲うその後の事件など、今の彼らは想像だにしないのであった。

第四章　『女誑《たら》し』と呼ばれた過去のツケ

なんだかんだと言って二度目の行為もヴィルヘルミーナは受け入れてくれたが、翌朝になって、情事での乱れようを恥ずかしがっていた。加えて身支度前の湯あみをルドガーに手伝われて、より恥ずかしい目に遭うとは思いもよらなかっただろう。本来ならヴィルヘルミーナの身の周りの世話は全て、専属メイドであるエルマが担うが、ルドガーがその役を一部奪っていたのだ。

ついでに言えば、ルドガーはヴィルヘルミーナの身体に所有印をつける欲を抑えきれず、結局はコルセットで隠れるであろう胸の周りにいくつも赤い痕を残してしまった。彼女がその執着の印を見つけたのは、湯あみが終わったあと、服を着る段になってようやくだ。エルマに手伝ってもらった彼女が、またも羞恥で真っ赤になったのは言うまでもない。

そんなふうにして、可愛らしくもいやらしい婚約者との夢のような時間を過ごしたルドガーは舞いあがっていた。

「あの……ルドガー様……あっル、ルドがよければ、今日も一緒にいたいのですが……」

身支度を済ませたヴィルヘルミーナがおずおずと聞いてくるのに、ルドガーは微笑む。わざわざ言い直して呼ぶのが可愛い。

「いやも何も、お前がよければそのつもりだった」

そのために今日は休みを取っていたのだ。もとよりヴィルヘルミーナとの初夜のあと、そのまますぐ帰すなんて考えられなかった。願ったり叶ったりである。

昼まではゆったりと屋敷の中で過ごし、午後はメイドのエルマを先に帰してから、二人で街へとデートに出かけた。といっても、初めての行為で疲れている彼女のことを連れまわすわけにもいかない。デートは最近できたばかりだというパティスリーでお茶を楽しむにとどめ、そのあとは送って帰るつもりだった。

パティスリーは店員が個室に案内してティータイムを楽しむのが一般的で、いわば貴族のための施設だ。馬車で移動して、店の入り口に立ったところで、ヴィルヘルミーナは嬉しそうにする。

「わたくし、ここに来てみたかったんです」

あまり周囲を見回してははしたない。そう思っていそうな顔が遠慮がちにちらちらと店内を見ているのが可愛くて、ルドガーは内心笑む。

（ここに来てよかったな）

「お前が好きそうだと思ったんだ」

店に入り、個室に案内してくれる店員が来るのを待ちながら、二人は他愛ない話をする。いくばくも経たないうちに、店の奥から店員らしき男が出てきた。しかし別の客の見送りをするためだったらしく、後ろには客らしき男女が歩いてきている。

「あら、ルド様じゃありませんこと？」

明るく話しかけてきたのは、金髪の派手な美女だった。デコルテを見せつけるデザインのドレスをまとったその女性は、先ほどまで腕を組んでいた男性からするりと手を抜いて、ルドガーへと歩み寄る。

（……誰だ？）

声をかけられるいわれがわからず、きょとんとしたルドガーは一瞬反応が遅れたが、軽く会釈してからすまなそうな顔になった。しかし、ルドガーが何かを話しかける前に、女は笑い出す。

「やだぁ、いつまでも覚えてくださらないんだから。ルド様ったら。それに近頃はご無沙汰じゃありませんか。わたくし、ずぅっと店でお待ちしておりますのよ？　ゲルダもインガも、みぃんなルド様をお待ちしておりますのに。女を待たせて、いけないお方」

エスコートしているヴィルヘルミーナを無視して、女はルドガーの胸元に指をつぅっと伝わせ上目遣いで見つめると、ふっと笑って離れる。色を感じさせるその動作で、やっとルドガーは気づいた。

「あなたは……」

どういう身分の女性なのか思い至りはしたが、情けないことに名前など知らない。彼女は娼婦なのだろう。唐突に現れた昔馴染みに、ルドガーは焦る。そもそも、ルドガーは顔を覚えられるほど娼館に通っていない。そのうえヴィルヘルミーナへの気持ちを自覚してからというもの、一度も娼館へ足を向けていないのだ。とはいえ、過去に娼婦を抱いたことがあるのは確かだ。それをよりにもよって、ヴィルヘルミーナに知られてしまった。

もちろん、この国の成人男性が娼婦を買うのは、一般的には非難されることではない。それでも、過去に娼館通いを詰られているルドガーの背に、いやな汗が伝う。

女連れであるルドガーにあえてこうして絡んできたことの心当たりがない。娼婦の台詞は、まるでルドガーが娼館に足繁く通っていたみたいではないか。いやがらせだとしても、こんなふうに愛称を呼ばれるほど親しい娼婦などいないのに。

「ル、ド……お知り合い……です、か？」

震える声で尋ねるヴィルヘルミーナに、高笑いで答えたのは娼婦のほうだった。

「あらぁ、ルド様、今日はこちらのお嬢さんをお連れなの？　次お会いするときはどなたをお連れなのかしらね？」

こちらもあたかも違う女をとっかえひっかえしているかのような言い草だ。それですぅっとルドガーの頭が冷える。

「……失礼なことを言うな。彼女は、俺の婚約者だ」

ヴィルヘルミーナの顔を覗きこもうとした娼婦から彼女を背に庇って、視界を塞ぐ。そのせいで、ルドガーからはヴィルヘルミーナが顔を真っ青にして俯きがちに震えているのが見えなかった。

「婚約者だなんて、ルド様。ふふっ、でも、またわたくしたちのところへは遊びに来て下さるのでしょう？」

「もう俺は娼館には行かない」

そうはっきりと断言したルドガーの後ろで、びくん、とヴィルヘルミーナが弾かれたように震える。

「……別に弁解してくださらなくても結構ですわ。これはわたくしには関係のないお話なんでしょう？」

「……っ!?」

その台詞を言ったのは、娼婦ではない。背後にいる、ヴィルヘルミーナだ。

ばっと振り返ると、額を押さえたヴィルヘルミーナが顔を歪めて、目に涙を溜めている。

「大丈夫か、ミーナ」

彼女の肩に触れようとした手は、ぱんっとヴィルヘルミーナによって弾かれた。

「わたくし、あなたに愛称で呼ばれるほど親しくなかったわ、ダールベルク様」

聞き覚えのありすぎる台詞に、ルドガーははっとする。

「お前……記憶が……？」

ぽつりと呟いたのに、ヴィルヘルミーナは一歩あとずさって、ゆるゆると首を振った。

「『次はどなた』ですって？　……結局、わたくしだけを見てくれるなんて、嘘じゃない」

「待ってくれ、それは誤解だ」

弁明をしようと追いすがるが、ヴィルヘルミーナはまた一歩下がって、なおも首を横に振る。その目尻からは、涙が零れていた。

「あなたみたいな人と、婚約なんかしたくなかった！」

「ミーナ！」

「来ないで！」

叫び声にルドガーが怯んだ一瞬、踵を返したヴィルヘルミーナが走り出す。店から飛び出した彼女は目の前でドアを締めて逃げていった。

これではまるで、婚約お披露目のときの再現である。

（クソッ、あのときの二の舞になんかしてたまるか！）

とっさに走り出そうとしたルドガーの腕が、ぐい、と引っ張られた。娼婦が白けた顔でルドガーの腕をつかんでいる。

「離せ！」

ばっと腕を振って店の外を飛び出したときには、ヴィルヘルミーナが待たせていた馬車に乗りこんで、走り去るところだった。

「ミーナ！」

叫んだが馬車が止まることはなく、ヴィルヘルミーナも戻ってこなかった。呆然と立ち尽くしたルドガーの元に、男を伴って娼婦が悠々と店の中から出てきた。

「あらぁ……馬車で逃げられちゃったの……。ダールベルク様、ごめんなさいねえ」

先ほどの挑発的な態度とは打って変わって、気の毒そうな表情を浮かべた娼婦が、声をかけてくる。

(どの口が……)

そうは思うが、きっとこれはルドガーの蒔いた種なのだろう。彼が長年ヴィルヘルミーナへの想いに無自覚だったばかりに起きたことだ。付き合いで連れて行かれただけとはいえ、後ろめたかったのは事実なのだから。最悪な形でバレる前に、過去にしたことも今のヴィルヘルミーナに告白しておくべきだった。いわばこれは、ヴィルヘルミーナにまっすぐに向き合わなかったツケだ。

「悪いが付き合ってられん」

踵を返して立ち去ろうとしたルドガーの背に、娼婦の声がかかる。

「まあ！　わたくしだってお仕事で仕方なくしたことですのに、そんなに怒っちゃいやですわ」

「何……？」

「ですからぁ、わたくしだって普段はこんないやがらせみたいなこと、お金を積まれでもしない限りいたしませんわよ。娼婦ですもの、お客様が他の女性と歩いていたら知らないふりをするのが礼儀ですわ」

やりたくてやったわけではない、と言わんばかりの口ぶりに、ルドガーは違和感を覚える。

「誰かに頼まれたということか？　こんなことを？」

「そうですわ。ここらの娼婦はみぃんな、『ルド様』が女といるのを見かけたら、お連れの女性をからかってやれって頼まれてたんですの」

「待て。そもそもどうして俺のことを知ってるんだ。俺に娼婦の知り合いなどいないのに」

「まあ！　ご自覚がないのね？　ダールベルク様といえば、騎士様方の出世頭の中でもハンサムで、紳士的で……なのに、なかなか娼館に来てくださらない高嶺の花で有名ですのよ？　わたくしたちの間でダールベルク様を知らない娼婦はおりませんわ。抱かれたことがなくても、ね？」

楽しそうに話す娼婦に、ルドガーはげんなりする。つまり、今ここにいる彼女も、ルドガーが抱いたわけではないらしい。

「ふふ、でもダールベルク様、他の方のお付き合いでも夜の街に顔を出されなくなりましたものね。久しぶりにお顔を見たら婚約者の方とお幸せそうにしてらっしゃるものですから、演技以上に張り切って意地悪してしまいましたわ」

ふふふ、と笑って娼婦は口元を手で隠す。先ほどの下品な娼婦らしい姿と違って、品のある仕草だ。

「それで？　誰がこんな馬鹿げたことを依頼するっていうんだ」

「あら、それはわたくしの口からはとても。わたくしも少しやりすぎましたからサービスでお教えしましたけど、依頼主まで明かすわけにはまいりませんの。それではごきげんよう、ダールベルク様」

ウィンクした娼婦は、待たせていた男に一言二言可愛らしく言葉をかけて、歩いて行ってしまう。

（俺とヴィルヘルミーナが一緒にいるときに、からかうように仕向けただと……？）

誰かから、明らかな悪意が向けられている。

（一体誰が……）

立ち尽くしたルドガーが思案しかけて、はっとした。犯人はわからずとも、明確な悪意を向けられたことが、以前にもあったではないか。

（ミーナは無事か⁉）

落馬の事故を思い出したルドガーは、考えるよりも先に走り出していた。

＊＊＊

ヴィルヘルミーナの記憶は、パティスリーで娼婦に話しかけられたときに、唐突に蘇った。

『ルド様』

その愛称を馴れ馴れしくも親しげに呼ぶ女の声を聞いたときに思ったのは、疑問だった。

（わたくし、前にもこれを聞いたことがあるわ。でも、いつ……？）

目の前に現れた娼婦への苛立ちでもなんでもなく、ただ浮かんだ純粋な疑問。ヴィルヘルミーナは記憶を失ってからというもの、しばらく茶会や夜会には参加せずにいた。だからルドガーの噂話をする女性は近くにいなかった。ルドガーがもう他の女性との私的な交流をしていなかったこともあり、ヴィルヘルミーナは彼の女性関係を耳にすることがなかったのだ。

『ルド様ったら』

くりかえされる甘ったるい呼び方に、ヴィルヘルミーナの耳の奥で、どくどくとうるさく音が鳴る。雑音混じりで、ほとんどの会話が聞こえない。

（ルドは、娼館に通っていたの？　でも……、っ？）

娼館という単語を思い浮かべた瞬間に、ヴィルヘルミーナの耳の奥で鳴っていた音がより大きくなり、何かが弾けた。ずきん、と痛んだ頭の中に、突如として様々な映像が、音が、色が飛びこんでくる。

それは、落馬事故で失われていたはずの全ての記憶だった。彼女は、この瞬間に記憶を取り戻したのである。

その途端に、音が聞こえるようになった。

「ル、ド……お知り合い……です、か？」

ようやくそれだけを尋ねると、焦ったルドガーの茶の瞳がヴィルヘルミーナを見つめる。その目は動揺に揺れていて、彼の感情を雄弁に語っていた。瞬間にヴィルヘルミーナはわかってしまったのだ。

（……彼女を抱いたことがあるんだわ）

ぐわんぐわんと、足元から崩れて落ちそうになる。そこに追い打ちをかけたのは娼婦だった。

「あらぁ、ルド様、今日はこちらのお嬢さんをお連れなの？　次お会いするときはどなたをお連れなのかしらね？」

その台詞は、あまりにも残酷だった。娼婦の言葉は、すでに真実なのだとルドガー自身の態度が証明している。だから、他の女性と出歩いているというのも、真実なのだろう。そう思ってしまったヴィルヘルミーナには、もうルドガーの言葉は届かない。

彼女は、ルドガーがあちこちで歯の浮くような甘い台詞を女性に吐いていたことを知っていた。改めてつきつけられずとも、知っていたのに。

過去の記憶を取り戻した彼女だが、今朝までの記憶喪失中のことももちろん全て覚えている。この数カ月でルドガーが向けてくれた笑顔も、触れてくれた手の優しさも、そして昨晩、満ち足りた気持ちで結ばれたことも。

けれど、全てがご破算だ。結局彼が婚約のときに告げた『お前だけを見る』という言葉なんて嘘っぱちで、浮気をしているのだろう。そう思ってしまったら、娼婦とルドガーが交わす会話をこれ以上聞いてなんていられなかった。

ずきずきと痛む頭と様々に湧く感情を抱えきれず、気づけば彼女はルドガーから逃げて、屋敷へと戻っていたのだった。

帰ったあとのヴィルヘルミーナは、人払いをして自室にこもり始めた。様子のおかしい彼女のことを屋敷の者たちが心配しているのはわかっている。けれど今のヴィルヘルミーナにはどうしても笑って対応することなどできない。

ベッドに突っ伏した彼女は、ぽろぽろと涙を零す。

「わたくしは、なんて馬鹿なのかしら」

あえて口にした言葉に、ひどく胸が痛んだ。

「結婚よりも前に、乙女を捧げてしまうなんて」

おかげで婚約破棄をしたとしても、恥ずかしくて誰の元へも嫁げない。

「騙したルドガーが悪いのだわ。あんな、わたくしが好きでたまらない、みたいに、口説いて……あの言葉も全部、嘘、で……」

（違う……）

自嘲するように言葉にしても、心がすぐに否定する。

（違うわ。ルドガーがわたくしを騙すわけないじゃない……！　ルドガーは、娼館通いはしていたけど、他の令嬢と付き合っているときに二股をかけたり、誰かを傷つける嘘を吐いたりする人じゃないわ。そんな人なら、とっくに嫌いになってた。付き合いのあった女性とだって、ずっと分別のある接し方をしていたはずだもの。本当は知ってたわ。ずっと……ずっと見てたから、知ってるのに……）

ぎゅう、とベッドのシーツを握った手に力がこもる。

（……わたくしに好きって言ってくれたのが、嘘だなんて、思いたくない）

彼の人となりを知っているのに、知っているからこそ、ルドガーのことが信じられない。

（でも……ルドガーはわたくしのことなんか、好きじゃなかったんだから……）

だから、愛しい人が今まで囁いてくれた言葉の数々が、疑わしい。婚約の前からルドガーがヴィルヘルミーナを好きだったのだとしたら、他の令嬢と付き合ったりなんかするはずがない。あるいは他の令嬢を褒めそやして口説き文句――としか思えないような甘い台詞――を吐いてなどいなかった。それにルドガーがもし以前から彼女のことを好きだったなら、もっと前にストレートに好きだと言ってくれていただろう。つまり、記憶を失う前にルドガーが彼女のことを好きだったなんてありえない。

唐突に態度を変えた理由がわからない。それゆえに本音だとしか思えないあのルドガーの愛の言葉の数々が、どうしても信じられないのだ。

さっきは記憶が戻ったことと娼婦のせいで混乱して、ついルドガーを詰って逃げ出してしまった。しかし冷静に考えれば、彼は浮気などしていないだろう。ヴィルヘルミーナが記憶喪失になってからというもの、ルドガーは仕事の休みの日に必ずと言っていいほど彼女に会いに来てくれていた。他の令嬢と会う暇なんかなかったことくらい、改めて思い返せばヴィルヘルミーナだってすぐに気づけた。だから問題はそこではない。

「……ちゃんと考えれば、すぐにわかるのに。わたくし、またルドガーに酷いことを言ってしまったわ。本当に、可愛げがない」

呟いて、自分の吐いた言葉にはっとする。

『あなたみたいな可愛げのない女が、ルド様に釣り合うわけないでしょ？　私はルド様に世界で一番可愛いって言われてるんだから。いつも私を熱烈に口説いてくださるのよ？』

頭に浮かんだ罵り文句に、ヴィルヘルミーナは暗澹とした気持ちで、同意する。

（……そうよ。『ヴィルヘルミーナ』には可愛げがないわ。記憶喪失のミーナと違って、わたくしは素直じゃないもの）

ヴィルヘルミーナの目から、また涙が溢れる。

（だから、なのね）

なんでもまっすぐに気持ちを伝えて、スキンシップを積極的にして、愛嬌も可愛げもあったミーナ。いちいち嫌味なんて言わず、ルドガーへの賛辞も率直に伝え、気遣いをすぐにできるミーナ。

全部、記憶のあるヴィルヘルミーナにはないものだ。

「ルドガーは、素直で可愛いミーナを好きだと言ってくれてたのね」

言葉にしたら、すとんと腑に落ちて、そして惨めになる。途端に溢れる涙がますます増えて止まらなくなった。

「やだ……こんな、わたくしじゃ……嫌われ、ちゃう、のに……」

乙女を捧げたからルドガー以外の男の元に嫁げないのではない。ルドガーにしか、嫁ぎたくないのだ。

ぐすぐすと鼻を鳴らすヴィルヘルミーナの元に、そのとき、ドアのノックで来訪者が告げられる。

「お嬢様」

「……エルマ。ごめんなさい、わたくし今は……」

「ダールベルク様がお見えです。お嬢様にお会いしたいと」

「……っ！」

ぱっと身体を起こして、ヴィルヘルミーナは狼狽する。涙でぐしゃぐしゃになった顔でどうして彼に会えようか。

（どうしよう、さっきのことも謝らないといけないのに……！）

ヴィルヘルミーナが屋敷に帰ってきてからルドガーが訪ねてくるまでにタイムラグがあった。それはヴィルヘルミーナが馬車に乗って帰ってしまったからだ。辛辣な暴言を浴びせたうえに帰る足まで奪ったのだから、相当酷いことをしている。

（でも、なんて謝れば……）

ミーナならば、きっと簡単に謝れた。けれど、ヴィルヘルミーナはルドガーに対して思ったことを素直に言えずに過ごしてきた期間のほうが長すぎて、うまい言葉が出てこない。

「どうなさいますか？」

「っ帰ってもらって！」

はっと口を押さえたときにはもう遅い。

「……よろしいのですか？」

ドア越しにかけられた声に、ヴィルヘルミーナは息を吐く。それからドアまで行くとそっと開いて顔を少しだけ覗かせた。その頬には涙が伝い、目は真っ赤に腫れている。

一目見ただけで顔をこわばらせたエルマは、きゅっと唇を引き結んで会釈した。

「……お嬢様。それでは、ダールベルク様よりメッセージを言付かっております」

「え……」

ルドガーは、どうやらヴィルヘルミーナが会ってくれないことを想定していたらしい。エルマが走り書きのメッセージを記したカードを渡した。

『無事に帰れたようでよかった。今日は不快な思いをさせてすまない。事情があってお前とはしばらく会うのを控えようと思う。怪我のないように過ごしてくれ』

たったそれだけが書かれたカードだった。カードを持った手が震え、ぽたりとまた新しい涙が零れる。

(記憶の戻った素直じゃないヴィルヘルミーナとは、会いたくない、っていうこと……？)

「……お返事はどうなさいますか？　手紙をお書きになられますか？」

気遣わしげな表情のエルマが静かに尋ねるのに、ヴィルヘルミーナは首を横に振った。

「わかりました、とだけ、ダールベルク様にお伝えして」

彼女の返事に、エルマは何かを言いかけてやめ、唇を噛んだ。

いつも楽しそうに『ルドガー様』と呼んでいた彼女が、家名で呼んだこと、そして泣き腫らした目。それらのことで、確実によくないことがあったのだとエルマにも伝わっただろう。今朝ダールベルク家でエルマとヴィルヘルミーナが別れたときにはあんなに幸せそうだったのに、彼女に抱えきれないほどの辛いことが起きたのだと。

けれど、エルマはヴィルヘルミーナの心の柔らかいところにあえて踏みこみはせず、ただ会釈をした。

「かしこまりました」

そうしてヴィルヘルミーナはルドガーの気持ちを勘違いし、重なっていた二人の想いは再び遠ざかってしまった。

＊＊＊

時はルドガーがシュルツ家に到着した時刻に遡る。辻馬車を捕まえるのに手間取ったルドガーは、ずいぶん遅れてシュルツ家に辿りついた。

「ヴィルヘルミーナは、無事か!?」

シュルツ家を訪ねるなり、ルドガーは激しい剣幕でそう叫んだ。驚いたメイドたちは応接室に案内しながら、ヴィルヘルミーナは少し前に通常通りに帰ってきたことを伝えた。もちろん、部屋に閉じこもって人払いをしていることは伏せている。

（襲われたりはしていないようだな……だが）

ひとまずヴィルヘルミーナが無事だったことに安堵して、ルドガーは胸を撫でおろす。

「直接顔を見て、安否を確認したい。話さねばならないこともあるし……ヴィルヘルミーナに取り次いでくれるか？」

メイドにそう話しているところへ、応接室に人が入ってきた。

「ルドくん、それは悪いけど今日は無理かもしれないわねえ」

告げたのは部屋に入ってきたヴィルヘルミーナの母親——シュルツ夫人である。

「夫人。ミーナは、ヴィルヘルミーナはどこか問題が……」

ぱっと立ちあがったルドガーは慌てて言いかけたところで、シュルツ夫人のもの言いたげな視線を受けて、口をつぐむ。彼女が事件に巻きこまれていないかを確認したい一心でルドガーは駆けつけた。けれど、その別れる直前に何が起きてヴィルヘルミーナが一人で帰ったのか。それをようやく思い出す。

「……すみません。ヴィルヘルミーナを……傷つけてしまいました」

頭を下げたルドガーの頭上に、小さな溜め息が漏れた。シュルツ夫人は手を振ってメイドたちを下がらせると、「座ってちょうだい」とルドガーに促す。

「今日は帰ったほうがいいんじゃないかしら」

応接用ソファに向かい合わせで座ったところで、一言目にシュルツ夫人がそう切り出す。

「直接伝えたいことがあって」

「部屋に閉じこもっちゃったのよ。あの子が頑固なの、ルドくんもよく知ってるでしょう？　きっと無理よ」

言下にそう告げられて、シュルツ夫人が今のヴィルヘルミーナにルドガーを会わせたくないのだと察する。けれど引き下がるわけにはいかない。

「それでも一応、彼女の意志を聞いてください」

「わかったわ。でも、聞いてあげる代わりに手紙を書いてくれるかしら。会いたくないって言ったら、それを渡すわ」

「……はい」

そう言われたルドガーは取り急ぎ短い手紙を書いて、シュルツ夫人が呼んでくれたメイドに託す。

「夫人。今日以降、しばらくヴィルヘルミーナとは距離を置こうと思います」

「あら……それはどうして？」

鋭い目つきになった夫人をまっすぐに見つめながら、ルドガーは今回のことの顛末を話す。何者かが娼婦に頼んで、ヴィルヘルミーナをからかうように指示していたこと。そして以前の落馬事故が偶然だとは思えないこと。おそらく、ルドガーに関わる人間がそれをしたであろうという推測まで。

「……ふぅん。ルド君、もう他の子のことはきちんと清算できていたと思っていたけれど、そういうことなのね」

考える仕草をしたシュルツ夫人は、探るようにルドガーを見る。

「犯人を見つけない限り、似たことがまた起こるでしょう。落馬の犯人と娼婦をけしかけた犯人が別人だという可能性もありますが、俺は同じ人物のような気がします」

「心当たりがある、ということ？」

「……はい。元をきちんと断たない限り、俺が傍にいてはミーナがまた危険に晒されるかもしれません。だから、犯人を捕まえてからまたミーナに会いにきます。……本当は、何があっても俺が傍で守る、って言えたらいいんですが……今日、傷つけたばっかりの俺が……そんなこと」

苦虫を潰したように、ルドガーは顔を顰《しか》める。

要するに、彼は怖気づいたのだ。『婚約したくなかった』と言われるのは二度目である。あのヴィルヘルミーナの悲痛な叫び声が耳をついて離れない。事件を解決するまでルドガーの傍にいないほうがいい、というのは確かに本音だ。けれどそれ以上にヴィルヘルミーナに嫌われることを恐れている。

直接話してすぐに弁明したいのもその通りだったが、会いたくないとつっぱねられたら今のルドガーにはこれ以上彼女に食い下がることができない。せめて、問題を解決した状態でなければ。

珍しくも思い悩んだ様子のルドガーに対して、シュルツ夫人は困った風情で頬に手をあてて微笑んだ。

「ルドくんは……ヘタレねえ」

「……っ!?」

自然と俯きがちになっていた顔を上げて、シュルツ夫人を見ると、彼女はふふっと笑った。

「ミーナちゃんにきついこと言われて、逃げ腰になっちゃってるんでしょう？」

図星を刺されたルドガーはぐうの音も出ない。

「ねえルドくん。わたくしはミーナちゃんが可愛いから、あの子が危険だっていうなら、しばらく会いに来ないのは構わないわ。でも、ルドくん。知ってのとおり、ミーナちゃんは意地っぱりな子よ。嫌いだとか心にもないことをすぐ言っちゃう子だけど、本当はルドくんのこと大好きなのよ？」

「それは……」

（記憶がないときは、好きだと、言ってくれたが……）

「ヘタレ根性出してないで、ちゃんとミーナちゃんにぶつかってね。将来のお義母様からの忠告よ」

貫禄たっぷりに言われた言葉に、ルドガーはただ頷くしかない。

その日は結局ヴィルヘルミーナに会うことは叶わず、自宅に帰ることになった。このとき、ルドガーがヴィルヘルミーナの部屋の前にまで足を運んで直接言葉を交わしてさえいれば、ヴィルヘルミーナは勘違いなどしなかっただろう。

＊＊＊

ルドガーの元に手紙が届いたのは翌日のことである。差出人は、ぱったりと手紙が途絶えていた、別れた令嬢だった。別れた、と言っても、元々その令嬢とは正式に付き合っていたわけではない。

令嬢の名前は、カミラ・ジーベル。伯爵家の令嬢である彼女に対して、ルドガーは特別な感情などなかった。キャラメル色の髪の彼女を、いつか髪が綺麗だと褒めたことがある。その社交辞令で熱をあげたカミラが告白してきたのだ。

伯爵令嬢のカミラと、男爵家のルドガーとはどう考えても釣り合わない。元よりルドガーは告白されても身分違いの女性とは、今まで交際しないようにしていた。そんな彼がカミラと一時でもデートをしていた理由は、ジーベル伯爵に頼みこまれたからだった。

「娘が迷惑をかけてすまない。だが、初恋なんだ。あの子はいずれ嫁ぐ先が決まっている。君に恋人も好きな人もいないのなら、少しだけ娘に付き合ってやってくれないか。思い出作りに何度か二人で会ってくれるだけでいいんだ」

申し訳なさそうなジーベル伯爵の願いを断れなかったのは、彼が騎士見習い時代に世話になった上官だったからだ。そうして数回デートには行ったものの、伯爵令嬢の外出に護衛の騎士がついていないわけがない。護衛騎士の監視の中、エスコートすら手を軽く乗せるだけで、腕を絡めることすらしなかったくらいだ。当然、他に交際のあった令嬢と同様に、口づけも抱擁もしていない。

そんなデートをくりかえしていたさなかに、ルドガーはヴィルヘルミーナへの気持ちを自覚した。だからジーベル伯爵へ断りをすぐさま入れ、カミラに対してもこれ以上デートには付き合えない旨を伝えていたのだ。初めは別れたくないと食い下がり――そもそもその主張が間違っているのだが――、復縁の手紙を何度も送って来てはいたものの、ヴィルヘルミーナと婚約後に改めてジーベル伯爵に相談したところ、それもぱったり来なくなった。

それでカミラとのことは、全てが終わったはずだったのに。

『お茶会に来て下さい』

こんなタイミングで唐突に来た手紙が、単に茶会だけを目的としたものであるはずがない。しかし、これはチャンスである。明らかに怪しい誘いなのだから、カミラがことを企てた犯人に違いないだろう。

(思ったより、ミーナに会えない期間は短くて済みそうだな)

自然と愛しい婚約者のことを思い浮かべつつ、ルドガーはそのお茶会へ出席の旨の返事を出した。

そうして招かれたお茶会は、婚姻前の令嬢が開くものとしては、かなり盛大なものだった。秋の色に染まった庭にはテーブルがいくつも出してあり、招待客は思い思いにテーブルを選んでお茶を楽しんでいる。ルドガーの顔見知りが何人も招待されているようだが、居心地の悪いことこのうえない。なんとそこかしこに過去ルドガーが賛辞を囁いた令嬢や、付き合ったことのある顔が見えるのだ。

「なんだ、お前、こんなお茶会に来ちゃったの?」

そんな言葉をかけたのは、悪友のアロイスである。こんな、というのは『以前フった女が主催のお茶会』という意味だろう。

「ああ。ちょっと確認したいことがあってな」

「確認?」

怪訝そうな顔をしたアロイスの後ろに、キャラメル色の髪が日差しを浴びて光ったのが見えた。

(まさか、ミーナが?)

ぱっとその方向を見たが、どうやら見間違いだったようでヴィルヘルミーナはいない。代わりに別の女性がルドガーたちに近づいてくる。

「ルド様、やっぱり来てくださったのね！　カミラはずっと待っていました。いいえ、信じてました！」

挨拶もせず、甘ったるい声音をかけながら近づいてきた女性――カミラ・ジーベルはするりと腕を絡ませて、ルドガーに頬を擦り寄せる。

（いいところの令嬢が、何をしてるんだ）

眉間に皺を寄せそうになったが、ルドガーは機械的に笑顔を作り、あえてその腕を外さないでいる。

「今日の装いも綺麗ですね。ドレスが髪によく合ってる」

これはすでに封印していた社交辞令だ。隣で聞いていたアロイスが凄い顔でルドガーを見ているのが視界の端に映った。けれど弁明している場合ではない。

「嬉しい……ルド様の瞳の色に合わせたの。このドレスなら、ルド様に包まれているみたいでしょう？」

そう言いながら腕を離すと、カミラはその場でくるりと回ってみせる。落ち着いた茶色の生地にレースとフリルをふんだんにあしらったドレスの裾がふわりと舞う。ハーフアップにして下ろしているキャラメル色の髪が、ドレスの茶色と相まって確かに美しい。首元に下げた小さな筒状の飾りがついた独特なデザインのネックレスだけが浮いていた。ルドガーに合わせたというよりも、季節的に秋の彩りを取り入れたというほうが自然だが、彼女はそう思っていないらしい。

肯定も否定もせずにルドガーが笑みを貼りつけて黙っていると、その横でアロイスがますます酷い顔になっていく。きっと彼はこう言いたいのだろう。

『誰彼構わず愛想振りまくのはやめたんじゃなかったのか』

ありありと視線が物語っているが、それを一瞥してルドガーは『何も言うな』と目線だけで伝える。その意図が通じたのかどうかはわからないが、アロイスはやれやれと肩をすくめて開きかけていた口を閉じた。今はアロイスがこのまま黙っていてくれるのを願う他ない。

(早く、ジーベル嬢がしっぽを出してくれると助かるんだが……)

「えへへ。私、ルド様との仲を早く皆にお知らせしたくって。あんな女、ルド様には不釣り合いですもの。ね、ルド様？　あの女にも、わからせに行きましょう？　私、ちゃぁんと呼んでおいたの」

「何……」

(あの女というのは、まさか)

いやな予感というものは当たるものである。カミラが腕を引っ張ってルドガーを連れて進んだその先に、ヴィルヘルミーナがいた。彼女はテーブルについてお茶を飲んでいるところだった。

「ミーナ」

呆然と名を口走ったルドガーの声で、振り返ったヴィルヘルミーナがさっと顔を青ざめさせる。どうやら彼女もここにルドガーが来ることは知らなかったらしい。

「……ルドガー」

眉間に皺を寄せて呟いたヴィルヘルミーナの視線は、ルドガーに注がれている。正確にはカミラの腕が親しげに絡みついた彼の腕に、である。一方のルドガーは他の女に手を引かれている自分を見られたショックで、一瞬耳の奥でヴィルヘルミーナの『婚約したくなかった』という言葉が蘇った。

（よりによって、こんなところを……）

ルドガーは内心舌打ちしたが、弁明しようのない状況だ。ならば、カミラが証拠を出すまで、ヴィルヘルミーナにはつれない態度をとったほうがいいのか、ルドガーは判断に迷う。

「ねえ、あなた。見てわかるでしょう？　ルド様は私のものなの。早く婚約破棄したら？」

ぎゅうっと腕に力をこめたカミラが、得意げに言い放つ。その発言に息を呑んだヴィルヘルミーナは、手に持っていたカップを取り落とした。運悪くもテーブルにぶつかったカップは割れ、ぱしゃ、と音をたててお茶がドレスを汚す。けれど、彼女の視線はルドガーたちに向いたままだ。

「やだぁ、汚い」

「大丈夫か、ミーナ！」

カミラが嘲笑ったのと、ルドガーが腕を振りほどいてヴィルヘルミーナに駆け寄ったのは同時だった。

「怪我は……火傷はしてないか？　手を見せてみろ。……ああ、少し赤くなってるな」

跪いて彼女の手を取り、焦った様子でルドガーがヴィルヘルミーナの身体を検分しはじめ、ポケットから出したハンカチをルドガーは真剣な顔で巻き始める。

「……どうして」

手を握り、彼女の安否を確認してほっと息を吐くルドガーを、ヴィルヘルミーナは呆然と見る。

「怪我をしないように過ごしてくれ、と伝えただろう。どうしてここに来た。お前に何かあったら、俺は……」

膝を地につけたまま、ヴィルヘルミーナの手を押し戴くように額にあてて、ルドガーは呟く。

本当は、カミラが犯人だという証拠をつかむまでは、何があっても動くべきでなかった。けれど、彼女が怪我をしたかもしれない状況に、ルドガーの身体は勝手に動いていたのだ。

ヴィルヘルミーナからすれば、この状況は混乱するだろう。距離を置こうと告げたルドガーが、女連れで現れたにもかかわらず、その女よりもヴィルヘルミーナを優先したのだから。普段の彼女なら、こんな言葉を言われたらきっとすぐに反論しただろうに、ただルドガーを見つめるだけだ。

「……何よ。何よ何よ何よ！　汚い女ね！　そうやってルド様の気を引いたりなんかして！　あなたなんか、ルド様と婚約なんかしたくなかったって言ったくせに！　ルド様の隣は私が相応しいのに！」

カミラは金切声で叫ぶ。その剣幕に、お茶会に集まっている人たちの注目が集まったが、彼女はお構いなしだ。

「……彼女が、『婚約なんかしたくなかった』だって？」

す、と表情を消したルドガーが立ちあがり、ヴィルヘルミーナの手を握って、背後に庇って隠した。その台詞は、一度目はヴィルヘルミーナと二人きりのときだったから知っている者はいないはずだ。そして二度目は。

「あら、ルド様。聞いてないなんて言わせないわ。その女が確かに言ったんでしょう？」

イライラしたようにカミラは続けて叫ぶ。

(しっぽを出したな)

「俺はそんなことを言われた覚えはない」

「とぼけないで。私聞いたんだから！」

「誰にだ？」

「娼婦よ」

ふふん、と得意げに笑ったカミラは、ルドガーの後ろを指さす。

「その可愛げのない女がルド様と歩いてたら、たっぷりからかってあげて、って頼んだのは私なんだから」

(隠す気もないのか)

呆れた表情を浮かべるルドガーに気づきもしないで、カミラはうっとりと彼を見つめている。

「ねえルド様。私はその女と違って、娼館通いなんて気にしないわ。殿方のたしなみですもの」

ルドガーが『娼館通い』という表現をしたのは、ヴィルヘルミーナにバレたあのときだけだ。つまりあの頃から人を使って監視されていたのだろう。

「それに、その女みたいな欠陥品はルド様には釣り合わないわ。私のほうが絶対にいいでしょう？」

「欠陥だと？」

ヴィルヘルミーナへの暴言に、ルドガーはぴく、と片眉を上げる。おうむ返しに尋ねると、カミラは得意に頷いた。

「そうよ。だって、落馬で怪我をして伏せっていたでしょう？　身体に傷痕でもあるんじゃないの？　そんなの淑女として欠陥品だわ」

「……わかった」

ルドガーが静かに頷く。その返事に、ヴィルヘルミーナが震えたが、ルドガーは彼女の手をきゅっと握りこんだ。

「そうでしょう⁉　だからそんな可愛げのない女なんて捨てて」

「ヴィルヘルミーナの落馬のことを、あなたは知っているんだな？」

「当たり前じゃない！」

「そうか。それは事故を起こした犯人しか知らないはずなんだ。調査に当たっている騎士たち以外の、外部の人間ではな」

固い声でルドガーが話した内容に、さあっとカミラの血の気が引く。

「……え？」

「あなたが犯人だな。アロイス、令嬢をお連れしてくれ」

後ろからついてきて様子を窺っていたアロイスが、ルドガーの言葉を受けてじりじりと近寄る。

事件の重要参考人とはいえ、殺人の現行犯でもない伯爵令嬢を手荒に扱うわけにはいかず、アロイスは彼女を捕まえかねている。

「ち、違うわ！　そう！　お父様、お父様に聞いたのよ！　だから知ってるだけで」

「ジーベル伯爵は、今回の件には関わっていない。だからあなたが知っているはずがないんだ」

それは事前に確認していたことだった。

ルドガーは落馬事件がヴィルヘルミーナを狙った故意のものであることや、カミラが犯人ではないかと推測したあと、すぐ落馬事件の事を調べ始めた。ルドガーは騎士ではあるが、主に国防任務の管轄であり、街中で起きた事件などについては管轄外だ。基本的に守秘義務が徹底されることもあり、また、令嬢が落馬をしたことを公表するのは憚られたため、ヴィルヘルミーナの落馬については外に漏らされていない。これは捜査担当の騎士に確認済だ。本来はルドガーにその情報を漏らすこともよくはないが、彼はヴィルヘルミーナの婚約者であり身内だということで特別に教えてもらっていたのである。

「ジーベル嬢、ことが大きくなる前に、お父上のところに行きましょう」

「うそ、うそ……！　やだ、触らないで！」

アロイスが穏便にエスコートしようとした手を振り払い、カミラはルドガーに走り寄って抱き着いた。

「ルド様、ルド様、私のこと綺麗って言ってくれたでしょう、一緒に何度もデートしてくれたでしょう？　私のことが好きなのよね？　その女と婚約なんかしたから、仕方なく私と別れただけでしょう？　ねえ、私いい子にして待ってたんだから。早く、私のこと好きって言って、ねえ、ねえ……っ！　早く！　その女を捨ててよ！」

カミラはぎゅうっとルドガーの服をつかんで金切声で言い募る。その目は充血していた。ルドガーを見ているようで、彼を見ていない。

ルドガーはゆっくりと、けれど強い力でその手をほどくと、カミラに首を振ってみせる。

「ジーベル嬢、前にも言った通り、俺が愛しているのはヴィルヘルミーナだけだ。申し訳ないが、あなたの気持ちに応えることはできないし、あなたを愛することは一生ない」

「うそ、よ……だま、だまされて、ルド様は、騙されて……ちがう。こんなの違うのに……」

ずるずるとその場にへたりこんで、カミラは呆然とする。

「カミラ！」

そこへ血相を変えて走ってきたのは、キャラメル色の髪をした中年の男性だった。ジーベル伯爵である。元々この茶会に来る前に、ルドガーが訪問する目的について、ジーベル伯爵に話を通してあった。ヴィルヘルミーナが巻きこまれたとある事件の犯人がカミラである可能性があることを伝えていたのだ。無礼だと叱責されることも覚悟のうえだったが、予想に反して伯爵はすんなりと受け入れてくれた。おそらくルドガーがカミラにもうデートはできないと切り出したあとからの、彼に対する異常な執着の様子を知っていたからだろう。

ジーベル伯爵がこんなにも早く駆けつけられたのは、屋敷の中から様子を窺っており、騒ぎを見咎めて駆けつけたためらしい。

「ジーベル伯爵。やはりご息女が重要参考人のようです」

その言葉だけで事態を察したジーベル伯爵は深い溜め息を吐いた。

「……わかった。娘が……すまない。今日のところは一旦帰ってもらえるだろうか。明日にでも正式に、娘を伴って出頭する」

うずくまったカミラの肩を抱きながら、ジーベル伯爵が無念そうに言う。カミラは地面を見つめながら、現実を受け入れられないとばかりにぶつぶつと呟いている。

それに「わかりました」と返事をしたルドガーは、ヴィルヘルミーナを振り向いた。

「ミーナ、……俺と一緒なのはいやかもしれないが、今日は送って帰りたい。いいか？」

「……ええ」

ヴィルヘルミーナは事態がうまく呑みこめていないようだが、この場から離れたほうがいいことは察したらしい。ルドガーのエスコートに従って、共にその場を離れようとした。しかし。

「……許さない……こんなの許されないわよ！」

恨みがましい叫びをあげて、勢いよく立ちあがったカミラが突進してくる。手には護身用のナイフが握られていた。しかも、彼女が突き進む先には、ヴィルヘルミーナがいる。

「ミーナ！」

「きゃあっ！」

彼女の手を引いてとっさに腕の中に庇い、ルドガーは迫る凶刃をはたき落とす。訓練もしていない貴族令嬢の攻撃など、騎士であるルドガーが止められないはずもなかった。

すぐさまに傍にいたアロイスがカミラを取り押さえ、ナイフを蹴って遠ざける。

「離して！　触らないでよ！」

喚くカミラは暴れてアロイスの腕から逃げ出そうとしたが、男の力には敵わない。腕をばたつかせてはいるが、彼女が襲ってくることはもうないだろう。

「大丈夫か？」

腕の中で震える彼女の顔を窺って、ルドガーはそっと腕を緩める。青ざめて震えているにもかかわらず、ヴィルヘルミーナは適切なエスコートの距離まで身体を離しながら、声もなく頷いた。

（また意地を張って……）

唇を噛んだルドガーがさらに言葉をかけようとしたとき、カミラが再び吼えた。

「またその女ばっかり！　死ねばいいのに！」

腕だけを振り払ったカミラが、首から下げたネックレスを引きちぎる。そうして筒状の飾りを口に含んだ。

（なんだ!?）

思ったときには、ルドガーは動いていた。離れていたヴィルヘルミーナを、とっさに腕の中へと庇って背を向ける。

ひゅっ、と鋭い音が鳴ったかと思えば、ルドガーの背にちくりと何かが刺さった。

「お前！　クッソ！　ジーベル卿！」

カミラが口に咥えていたものをアロイスが取りあげ、呆然と見ていただけのジーベル伯爵に呼びかけて、二人がかりでカミラを取り押さえる。今度こそ彼女は完全に制圧された。

「おい、ルドガー大丈夫か!?」

血相を変えたアロイスが叫べば、ルドガーははっとして庇ったヴィルヘルミーナを見た。

「あ、ああ。なんともない。俺よりも、ヴィルヘルミーナは大丈夫か？」

「わたくしは、大丈夫で……ルドガー!?」

返事をしかけたヴィルヘルミーナは、ルドガーを見上げて彼女らしくない叫び声をあげた。ルドガーは気づいていなかったが、急速に彼の顔色は悪くなり、血の気が引いていっている。

「ああ、お前に怪我が、なくて……」

かすんだ視界にルドガーは眉間に皺を寄せ、次の瞬間には膝をつく。しかしそれもすぐに崩れ、彼はその場に倒れた。

「ルドガー！　おい、しっかりしろ！」

「……やだ、どうして、ルドガー……！」

追いすがって呼びかける声が、ルドガーの耳に届く。

(俺は、問題ない)

そう言ってやりたかったのに、ルドガーの口はどうしても動かない。妄執に囚われた女の放った針によって、ルドガーの意識はそのまま暗転したのだった。

＊＊＊

その後、急いでダールベルク家へと運びこまれ、ルドガーはすぐさまに医師の診察を受けた。原因は、毒針が刺さったことによるショック症状だったらしい。幸いアロイスが即時に毒を吸い出したことと、解毒剤を飲ませたことにより大事には至っていない。

しかし、ルドガーの意識はすでに半日戻らず、熱が高い状態である。熱さえ下がってしまえば大事には至らないが、早いうちに下がるかどうかが問題だった。

毒針を吹いたカミラについては、その場で拘束され、騎士隊に引き渡されている。事情聴取はこれからなので、落馬事故などについての詳細はまだわかっていない状態だ。

そして今は、ルドガーが寝ているベッドの横で、泣き腫らしたヴィルヘルミーナが付き添っている。

(わたくしが、あんなお茶会に出なければ、ルドガーが倒れることもなかったのに)

ぎゅう、っと拳を握りこんで、ヴィルヘルミーナは自身の行動を嘆く。

彼女がカミラ・ジーベルのお茶会に行ったのは『ルド様のことで話がある』と呼び出されたからだった。カミラは、婚約直前に『あなたみたいな可愛げのない女はルド様に不釣り合い』だと暴言を吐いてきた張本人である。ルドガーが『距離を置こう』と告げた真意を知らず『可愛げがない』と暴言で呪いをかけられていた彼女は、不安にかられてカミラの呼び出しに応じてしまったのだ。

返事をしたときのヴィルヘルミーナは、落馬事故の犯人がカミラであることを知らなかった。だから油断を生んだのだろう。だが、ルドガーと婚約するからといってヴィルヘルミーナに嫌味をわざわざ言ってきた女が、いやがらせをしてこないわけがなかったのに。

(わたくしは、また冷静になれなかったわ……)

そのせいでルドガーはヴィルヘルミーナを庇って今の状況になった。

「ごめんなさい、わたくしのせいで……」

呟いた声は涙で掠れている。

「う……」

「ルドガー!?」

ルドガーが呻き声を漏らした。とっさにヴィルヘルミーナは椅子から立ちあがって彼の顔を覗きこむ。しかし彼は目を閉じたまま、苦しげに眉間に皺を寄せた。

「ミー、な……はやく、逃げ……ミーナ」

ルドガーが口走ったうわごとに、ヴィルヘルミーナは息を呑む。

(夢の中でまで、わたくしを守ろうと……?)

喜びが胸を衝いた瞬間、彼女は暗い表情になる。

(ミーナ、って呼んだわ。『ヴィルヘルミーナ』じゃなくて。記憶がないときの、素直なミーナが、やっぱり好きなんだわ)

「……ミーナ！　怪我は……」

辛そうにくりかえし漏らすルドガーに、ヴィルヘルミーナは再び顔をくしゃりと歪める。

(それがなんだっていうのよ。ルドガーは、わたくしを約束通り守ってくれたのに……！)

ヴィルヘルミーナはルドガーの手を握って、必死に言葉をかけた。

「ルドガー、わたくしは無事よ。大丈夫なの。大丈夫だから……」

（だから、早く目を覚まして）

あとは嗚咽になって、声にならない。握った手は、熱かった。まだ彼はうわごとでヴィルヘルミーナの安否を心配している。彼女はルドガーの手を握りながら、ひたすらに彼の回復を祈り続けるのだった。

＊＊＊

ルドガーの意識が戻ったのは、明け方近い頃だった。うっすらと目をあけようとしたものの、まだ重たい瞼は開ききらない。起きあがれないほどではないが熱の残ったけだるい身体はそのまま再び眠りの闇に落ちそうになる。

ぴくりと動いた手に暖かいものが当たっている感触で、ルドガーはようやく目をあけた。そこにはベッドに縋って、ルドガーの手を握ったまま眠っているヴィルヘルミーナがいる。

（……なんでここにミーナが……？）

ぼんやりと思いながら視線を巡らせ、自分の部屋で横になっていることに気づく。そしてすぐに訝しんだ。婚約を悔いている彼女が、自分の部屋になんかいるわけがない。そうは思ったが、ルドガーはすぐに口元を笑ませて目を閉じた。

（なんだ夢か……いいな）

無意識に彼女の手を握り返したルドガーは、まだ微熱の残るふわふわとした頭で考える。

（ここにいてくれるなら、ずっと守れるから安心だな）

意識が混濁していることもあり、倒れる前にカミラからヴィルヘルミーナを守り切ったかどうかの記憶が曖昧なのだろう。おかげで外敵からヴィルヘルミーナを守らねばならないという気持ちがいまだに強かった。

握りこんだ手のぬくもりに安心して眠りに落ちかけた刹那、不意に暖かさと重みが消える。ヴィルヘルミーナが手を離したのだ。

「行くな！」

焦りで叫んだルドガーは、目を閉じたままに手を振って彼女を捕まえ、そのままベッドへと引きずりこむ。

「え、ル、ルド……」

焦ったようなヴィルヘルミーナの声を聞きながら、ルドガーはぎゅうっと彼女の身体を抱きしめる。

「傍に……傍にいてくれ。行くな。俺に、守らせてくれ」

目をつむったまま、うわごとをくりかえす彼は、ヴィルヘルミーナが逃げていかないようにと必死だ。抱きしめられたヴィルヘルミーナは、彼の胸の上でもぞもぞと頭を動かしてルドガーの顔を見る。彼女は驚いた表情ながらも、抱きしめ返してきた。

「……ルドガー。……ルド、わたくしは、大丈夫よ。あなたが守ってくれたから、怪我はないの」

優しい声で返されて、はた、とルドガーは止まる。閉じていた視界を開けば、困ったふうに微笑んでいるヴィルヘルミーナと目が合った。

「…………ヴィルヘル、ミーナ？」

「目が覚めたのね」

自分の胸の上に乗った彼女が、そっと手を伸ばしてきて頬に触れる。細い指が撫でるのが心地いい。けれどルドガーは朦朧としながらもその手を捕まえた。

（そうだ、彼女はカップを落として、それで）

「怪我はないのか？　火傷は？」

触れていた手は綺麗なものだが、安心はできない。

「大丈夫よ」

「見せてくれ」

「え？」

ヴィルヘルミーナがまばたきをしたその一瞬に、ルドガーは上体を起こすと、彼女をあっという間に組み敷いた。そして袖をまくって彼女の腕を確認し、スカートをめくり太ももを検める。滑らかな肌のどこにも怪我はなく、ほっと息を吐いた。

「ル、ルド……わたくしは、怪我はないって……」

顔を赤くしたヴィルヘルミーナが肩を押しながら言ってきたのに対し、ルドガーは眉間に皺を寄せた。組み敷いた姿勢は微熱の残った身体には辛い。

「本当か？　お前は、意地っ張りで、すぐ強がるだろう。ちゃんと確認しないと安心できない」

ぽす、と頭を落として、そのままルドガーはヴィルヘルミーナを抱きしめてぼやく。

「……可愛げがない女で悪かったわね」

むっとした声が耳に届いて、ルドガーはつい喉を鳴らした。

(なんだ、夢の中でもつんつんしてるな、ミーナは)

顔を覗きこめば、ヴィルヘルミーナは眉間にぎゅっと皺を寄せて、言ったことを後悔しているようだった。それにまた笑いが漏れる。

(再現率も高い。……当たり前か。俺がずっと見てたヴィルヘルミーナを元にした夢なんだから)

「お前は相変わらず可愛いな。いつも言ってから後悔して……だから心配だ。俺にはちゃんと甘えて欲しいのに……そうだ、俺は昔からお前に甘えて欲しかった」

ルドガーは心に浮かんだことを次々口に乗せる。いつも彼は賛辞や気持ちを素直に話すタイプではあるが、熱でふわふわとしている今は輪をかけて正直だ。しかも、夢だと思っているから余計である。びっくりしたように目を見開いてルドガーを見つめるヴィルヘルミーナは、彼が何を言っているか理解が追いついていないに違いない。

「はあ……ミーナ、やっぱり全部確認しないと安心できない」

ルドガーはヴィルヘルミーナにのしかかっていた身体を起こした。彼女を見下ろす彼の顔はまだ熱で上気している。

「ルド、あなた寝ぼけてるの？」

「夢なんだから、寝ぼけてて当たり前だろう？」

真面目な顔で聞いてきたヴィルヘルミーナに対し、ルドガーはふは、と笑って答える。ぱちぱちと目をしばたかせながら「ゆめ……」と呟いたヴィルヘルミーナが可愛くて、ついルドガーは唇を重ねた。

「ミーナ、確認したら、だめか……？」

唇を離しただけの至近距離で、ルドガーは顔を見つめてねだる。すると彼女は怒ったような顔になった。

「あなたの夢の中なら……気の済むまで、調べればいいじゃない」

つん、と尖った声の返事が返ってきたのが愛おしくて、ルドガーはまた笑う。もう何をされても好きなのだから仕方ない。ヴィルヘルミーナの服を脱がすために、腰の編みあげのリボンを解《ほど》きにかかったが、熱のせいか手先が上手く動かせない。指先がもつれて解《ほど》くのに時間がかかる。もたもたとリボンを緩めていたら、ヴィルヘルミーナがルドガーの肩を押した。

「……自分で、脱ぐわ」

顔を真っ赤にした彼女はそう言い放つと、ルドガーから逃げだして、ベッドの傍に降り立った。口をきゅっと引き結んで、恥ずかしそうにしているのに、その手は手際よくリボンを抜き取って胸元のボタンをも外しきる。

（いい眺めだな……）

服を脱ぐヴィルヘルミーナをベッドからぼんやりと眺める。その顔は緩んでいた。ドロワーズとコルセットの状態になった彼女は羞恥で渋面を作りながらも、ルドガーに向きなおって両手を広げて見せる。

「け、怪我なんてないでしょう？」

「全部だ」

「……っ、コルセットの厚さならナイフだって通さないわよ！」

これ以上は恥ずかしくて脱げないと訴えるヴィルヘルミーナに、夢だと思っているルドガーは譲らなかった。

「全部、確認したい」

その言い草はまるで駄々をこねる子どもだ。だが視線にこもる熱は強い。それに圧されたように、ヴィルヘルミーナはとうとう観念してコルセットとドロワーズを脱いだ。しかし、両手を広げてみせることはなく、もじもじとベッドの脇で佇んでいる。

(自分で服を脱がせるなんて、我ながら凄い夢だな)

「ミーナ」

手首をつかんで、彼女をベッドに引きずりこむ。

「きゃっ」

ぽすん、と音をたてて布団に沈みこんだ彼女を組み敷いて、両腕を持ちあげると頭の上で固定して裸体をしげしげと見る。ぱっと見、傷一つない綺麗な身体だが、ルドガーは安心しない。

「ここは……？」

つ、と指を這わせながら、胸の周りや足の二の腕など、彼女の全身を検分する。ルドガーの指が身体中くまなく這うのに、ヴィルヘルミーナは震えながら耐えてくれている。強く引き寄せたことによる内出血なども特になさそうなのを確認して、ルドガーはやっと安堵の息を吐いた。

「よかった。お前が無事で、本当に……ヴィルヘルミーナ」

もはや夢だと思っているのか現実だと思っているのか、自身でもわかっていない状態で、ルドガーは独り言ちた。しかしそれに返事が来る。

「……ありがとう。ルド」

ぽつ、と言われた素直な言葉に、ルドガーは苦笑する。

(最初から俺が、カミラ嬢をちゃんと対処していればこんなことには……いや、俺がもっと早くミーナを好きだと気づいていれば)

「お前に何かあったら、俺は……」

後悔が胸に押し寄せたルドガーは、言いながらヴィルヘルミーナに口づけを落とす。

(こんなふうに触れる資格が、俺にあるのか？　ミーナに落馬なんかさせて、傷つけて……婚約者になりたくなかったって言われて……)

そう思いながらも、重ねた唇を甘噛みして、ヴィルヘルミーナの口の中に舌を差しこんだ。ルドガーは彼女を貪ることをやめられない。

「ミーナ……」

都合のいい夢のように黙って受け入れてくれる彼女に、ルドガーは懇願する。

「せめて、夢の中だけでも、俺のものでいてくれ」

彼女の返事を聞かず、ルドガーは再び唇を重ね合わせて、そのまま愛撫を開始した。

寝室に押し殺した小さな吐息が響く。ランプをつけたままだったはずの部屋は、すでにオイルが尽きて火が落ちていた。けれど明け方が近い部屋はカーテンが閉まっていても、うっすらと明るい。

熱を帯びた身体を押して、ルドガーは艶めかしい声をあげるヴィルヘルミーナを、手と口とで貪り続ける。手では胸をまさぐりながら、白い肌に唇を押し当てて、首筋から胸元へといくつもの所有印をつけた。これが現実なら、婚姻前の彼女の首元に痕をつけるのは憚られる。けれど夢だと思っているルドガーは容赦なかった。

「ん……る、ど……そこは……」

耳のすぐ下に唇を寄せて、ぢゅう、と執着の印をつける。首元が詰まったドレスを着ても、髪を下ろしていなければギリギリ見えてしまうだろう。弱い抗議が聞こえたが、ルドガーはそんな彼女に愛おしげに口づけて、またも新しい痕をつける。

「俺のものだって印だから、たくさんつけないと。だめだったか？」

ん？　と目で問えば、視線をさまよわせたヴィルヘルミーナが口を尖らせた。

「だめ、じゃ……ない、けど……んっ」

胸の中央を指の腹で擦られて、小さく声を漏らす。先ほどからその刺激をくりかえして焦らすせいで、ヴィルヘルミーナの秘部からはすでに蜜が溢れていた。いまだ触れられていないのがもどかしいのか、腰をもじもじと揺らしている。

「なんだ、そっちを舐めて欲しいのか」

「え」

太ももをつかんでヴィルヘルミーナの足を大きく開かせたルドガーは、内腿に唇を寄せてきつく吸いあげる。そのままつけ根へと舌を這わせて、濡れそぼった割れ目に尖らせた舌をつぷ、と侵入させた。

「ひゃぁうっ⁉」

溝をなぞって舌が前後し、溢れた愛液を吸いあげる。

「やっそんな、とこ……あっ吸っちゃ、だめええ……！」

先ほどまで押し殺せていた嬌声が、悲鳴のようになって部屋の中に響き渡ったが、ヴィルヘルミーナはそれに構っている余裕はない。ルドガーはやめるどころか、じゅるじゅるとわざと大きな音をたてて蜜を吸った。

「やだぁ、やっあっはず、かしいからぁ……！」

首を振りながら喘ぐヴィルヘルミーナは、口では抗議しながらも腰を引こうとはしない。舌で割れ目を蹂躙すれば、ひくひくと蜜壺を痙攣させ、とめどなくつゆを零して彼女はよがる。

(本当に都合のいい夢だな)

可愛らしい反応に口を歪めて、ルドガーは割れ目の中央でぷっくりと主張している肉の芽に舌を当てた。

「あ……っ⁉」

口に花芯を含んで、きゅう、っと吸いあげる。同時に中に指を挿《い》れて、内側の壁をぐぐっと押してやった。

「やっあああ、だ、め、だめぇ……！」

途端に腰をがくがくと震わせて絶頂に達したヴィルヘルミーナに、もう一本指を増やしてルドガーはさらに責めてたてる。ぎゅうぎゅうと指を締めつけながら痙攣している蜜壺は、もうこれ以上の快楽は無理だと訴えている。

「あっだめ、まだ、イって、あああ……っやらやら、おかしくなる、からぁ……！」

舌足らずの嬌声をあげながら、ヴィルヘルミーナは長い胎の揺れに喘ぐ。ようやく収縮が治まり、悦楽の余韻に顔を蕩けさせた彼女の顔を見て、ルドガーは笑んだ。

「可愛いから虐めたくなるな。すまない」

そう謝りながらも、ルドガーは次の準備を始めている。ズボンをずりおろし、怒張を取り出した彼は、ヴィルヘルミーナをさらに啼きよがらせるために秘部へと押し当てた。

「ミーナ、愛してる」

このうえなく幸せそうな顔で、ルドガーは腰を落とす。先日初めて肉杭を受け入れたそこは狭いが、溢れた蜜が手助けをして肉棒を受け入れる。一度イかせたものの中が柔らかくなりきっていないようで、半ばほどのところで進みが悪くなった。けれどルドガーは構わずゆすゆすと腰を揺らしながら少しずつ進め、根本までずっぽりと彼女の中に入りこむ。

「ふ、ぅう……っ」

シーツを握ったヴィルヘルミーナが快感に顔を歪めるのを見ながら、ルドガーはすぐに腰を振り始めた。腰をつかんで奥を揺すり、とちゅとちゅと音をたてながら子宮を虐める。

「あ、あ、それ、あ……それ、だめ……ああっ」

「もっとってことだな？」

「ひぁあああぁ……っ！」

どちゅんっと強く打ちつけて、胎を大きく揺らした。その突き抜ける衝撃に叫び声をあげたヴィルヘルミーナを、くりかえし責め立てようとしたルドガーが不意に止まる。

「ふぁ……？」

「……っミー、ナ」

（クソ……なんだ、これ）

荒く息を吐いた彼の視界がくらりと歪む。頭を押さえて止まったルドガーは、首を振って再び抽送を始めかけた。

「ま、待って……」

この情事が始まって初めて、ヴィルヘルミーナが制止をかけた。腕に手を添えて首を振る。触れられた手が冷たく心地いい。それはルドガーにまだ微熱があるせいだ。むしろ毒を受けて治りきらないうちに、こんな行為に及んでいるのは、彼が騎士だからなのか、とにかく体力が脅威的だということだろう。

「……ん。辛そうだわ。ルド、もう休んで」

これ以上の営みを拒絶する言葉に、ルドガーはむっとする。

「……いやだ」

ぐり、と腰を押しつけて、ルドガーはゆっくりながらも奥への揺らしを再開した。

「最後まで……する……」

「あ、ん、ぁっだめ……っルド！」

「だめじゃない」

奥歯を噛みしめながら、ぐちゅ、ぐちゅと奥を責め立てる。その律動にヴィルヘルミーナは喘ぐしかない。しかし。

「わかった！　んんんっわかったから少し待って……！」

縋るようにルドガーの手首をつかんだヴィルヘルミーナに、首を傾げながらもルドガーは一応止まる。荒い呼吸を吐いた彼女は、きゅ、と噛んだ唇で表情を引き締めて、何やら一大決心を固めた顔になった。

「わ、わたくしが……わたくしが上で動くから、ルドは寝ていて！」

叫んだ彼女にルドガーはぽかんと口を開く。けれどすぐにくしゃりと顔を崩して笑んだ。

「なんだ、今日の夢はずいぶん俺に甘いな」

くつくつと笑いながらルドガーは、腰を引いて肉棒を引き抜くと、ヴィルヘルミーナの隣で横になった。腰を激しく揺らしていると熱のせいで眩暈がしたが、横になっている分には問題ないらしい。

「それで？　どうするんだ？」

隣に寝転んだヴィルヘルミーナの顔を覗きこむと、怒りと照れがないまぜになった表情をしている。何か文句を言うのかと思えば、むっと口を閉じたまま起きあがって、仰向けになったルドガーに恐る恐るという様子で跨る。しかしどうしていいかわからないらしく、膝立ちで腰を浮かせたままだ。

「……できそうか？」

太ももから腰にかけて手を添えてやると、ふるっと身体を揺らしたヴィルヘルミーナは、助けを求めるようにルドガーを見る。

「……教えて……？」

その不安げな声と視線が、ルドガーを煽りたてる。きっと、彼の体調が万全だったなら、そのまま押し倒し直して彼女を思うままに突きあげてよがらせただろうに。しかし、今は彼女がやる番である。

「……っ、ああ。俺のを、手で持てるか？」

ぐっとこらえたルドガーが指示すると、ヴィルヘルミーナはそっと竿に触れる。

「それをお前の……そうだ。ゆっくりと腰を下ろせ」

ルドガーの言葉を聞きながら、ヴィルヘルミーナは割れ目へと導き、くちゅ、と穂先を押し当てた。

「んん……っ」

先ほどまで男根が収まっていた蜜壺は、新しい体位での挿入を許し、少しずつ肉棒を内側へと受け入れる。

「ふ……ぅっ」

「ん、上手だな」

「あっ今だめ……っ！」

肉杭が根本まで呑みこまれたところで、ルドガーがヴィルヘルミーナの腰をすり、と撫でる。それだけの刺激で彼女は膣内をうねらせて高い声を漏らした。きっと今のヴィルヘルミーナはとても敏感になっているのだろう。

「支えてやるから好きに動かしてみろ。お前が、気持ちよくなれるように」

ルドガーが手を添えていたのと反対側にも腕を伸ばして、彼女を支える。ぴくん、とヴィルヘルミーナはまた震えたが、小さく頷いてルドガーの腹に手をつき、おずおずと動き始めた。

「ん……ん。んっ」

ぬる、ぬる、と静かに腰を浮かせては静かに落とす。ぎこちない上下運動は、最奥まで貫くたびに違うところが擦られるようだった。正直に言えば、その刺激はルドガーが達するにはほど遠い動きである。しかし。

（いい眺めだな）

腹に両手をついているせいで、自然と彼女の胸は腕で寄せられて谷間が強調されている。そのうえ、眉間に皺を寄せたヴィルヘルミーナがくぐもった艶めかしく息を漏らしながら、快楽を求めて揺れている。その視覚情報だけで、先ほど眩暈で少し緩んでいた肉棒が欲を募らせていった。

「ん、んぁ……っ！」

不意にいい場所に当たったのだろう、ヴィルヘルミーナが甲高い声を出す。

「ここ、き、もちい……んっんっ」

コツがつかめてきたのか、ヴィルヘルミーナは同じところを重点的に刺激するようにしながら、腰を上下する速度をあげる。すると先ほどまではほとんど揺れていなかった胸が、彼女の揺れに合わせてぷるんぷるんと跳ね始めた。

「あ、あ……っる、ルド、あっん、んんっるどは、きもち、いい？」

根本まで呑みこみ奥を叩くたびに、肉がぶつかる音がするほどに激しく動く。先ほどまで拙かった彼女の奉仕が急に上手になり、射精を促すに相応しい刺激になった。

「ああ……ミーナ、気持ちいい」

は、と息を吐きながらルドガーが返事すると、快楽に耐え苦悶の表情ながらもヴィルヘルミーナが嬉しそうにうっすらと笑む。その顔で、ルドガーの肉杭はぎゅっと硬度を増した。それに応えるように、きゅぅん、と蜜壺がうねって、腰の動きと共に早く子種をくれとせがんでくる。

「っミーナ、そろそろ……」

「んっあっる、ど、ルド、あんん……っ！」

ルドガーが快感の頂点に達し、ぎゅっとヴィルヘルミーナの腰をつかんだのと、彼女が上下運動をやめたのはほぼ同時だった。

「ふ、ぁあああああ……っ！」

背をのけぞらせ、胸をぷるぷると震わせながら、ヴィルヘルミーナはルドガーを最奥に咥えこんだまま絶頂を迎える。その痙攣に導かれて、どくどくと脈打ちながらルドガーは彼女の中に子種を注ぎこんだ。

「……あ、は……ぁ」

「ミーナ……」

最後の収縮が治まると、ヴィルヘルミーナは脱力してくたりとルドガーの胸に崩れ落ちる。その頭をそっと撫でて、ルドガーは満ち足りた気持ちで目を閉じた。

「愛してる……」

ぽつりと呟いたルドガーは、そのまま無理がたたって気絶するように眠りに落ちたのだった。

＊＊＊

ルドガーが次に目を覚ましたのは、それから半日も経った、日暮れ後だった。自室のベッドで横たわったルドガーは、けだるさを押して視線をさまよわせる。サイドチェストに灯されたランプ一つでは薄暗い部屋の中を見通すのが難しいが、どうやら部屋の中に自分しかいないことを確認した。

(俺は一体……？)

ぼんやりとしながらも思考を整理して、茶会でのカミラの凶行と、倒れてしまった自分の情けない姿を思い出す。

(アロイスがいたから、あの場は問題なかっただろうが……ミーナは呆れただろうな……あんな無様な姿を見せて)

そう考えながら、ヴィルヘルミーナの姿を頭に浮かべようとした瞬間だった。自身に跨ってあられもなく乱れ、腰を振る彼女の姿が脳裏をよぎる。

(ずいぶんと俺に都合のいい夢だったな、あれは)

匂いも感触も、リアルな夢だったと思いながら、ルドガーは口元を笑ませる。ヴィルヘルミーナの安否がさほど心配でないのは、あの夢のおかげだろう。なんとなくだが、きっと彼女は無事だと思えた。

身体を起こすのは億劫だから、そのままベッドでぼんやりしていると、音もなくドアが開く。入ってきたのはランプを携えた従者だ。様子伺いのために部屋を訪れたらしい。そっとルドガーのベッドを覗きこんだところで目が合った。

「っ坊ちゃん！　お目覚めになられましたか！」

「ああ、心配をかけたな。今は何時頃だ？　仕度をして騎士隊に事情を聞きに……」

「それよりもまずは、お医者様とお食事です。……丸一日以上寝ていらしたんですよ」

「……そうか。わかった、すまない」

「いえ……では、お食事の準備と、お医者様を呼んでまいります」

そう言葉を交わしてルドガーは大人しく家人に世話される。

(ヴィルヘルミーナはどうしているかな)

そうは思ったが、今の状況で聞くのは憚られた。そうして従者が連れてきた医者の診察を受ける。念のためにあと数日は療養すべきだが、毒は抜けており、後遺症もないらしいことがわかった。医者と共に部屋に来ていたルドガーの母親は安堵の息を吐く。

「もう……あなたは心配ばかりかけて。寿命が縮むかと思いましたよ」

溜め息を吐いた母親――フローラが話し始めるのに合わせて、従者たちは会釈して退室していく。

「すみません」

「事件に巻きこまれているなら、そうときちんと相談なさい」

「まさか伯爵令嬢があんな凶行に及ぶとは思わず……いえ、俺の認識が甘かったです」

親子ではあるが、騎士の家系であるダールベルク家は、敬語で話すのを常としている。自嘲の笑みを浮かべたルドガーに、フローラは渋面を作った。

「ヴィルヘルミーナを守るためだと言って、あなたが倒れたら彼女を心配させるでしょう。次は……いえ、もう二度とこんなことはごめんですけれど！　もし万が一にでも同じようなことがあれば、彼女を守って、あなたも無傷でいなさい！　いいですね？」

母親のありがたくも心配の忠告を受けて、ルドガーは笑う。

「はい、すみませんでした」

「あなたは本当に反省しているの？　まったく……ヴィルヘルミーナはあなたのせいで、昨晩寝ずに看病していたんですよ」

「え……ミーナが？」

驚いて目をみはるルドガーに、フローラは呆れたふうに眉尻を下げた。

「あまり二人のことに口を出すのはどうかと思うけれど……まだ式も挙げていない彼女に無理を強いるのはやめなさい。ここのところのあなたは、ヴィルヘルミーナに甘えすぎです。おかげであの子はついさっきまで寝こんでいたんですよ」

「あの、母上、それは一体……」

顔のまわりに疑問符を浮かべたルドガーはうっすらといやな汗をかきながら尋ねる。しかし、その答えを得る前にドアのノック音が響いて会話は打ち切られた。

「ヴィルヘルミーナ様がいらっしゃいました」

「そう、通してちょうだい。わたくしの話はもう終わったから」

愛想よくドアの外に声をかけてから、フローラはルドガーにもう一度目を向ける。

「ヴィルヘルミーナにきちんとお礼を言うんですよ？」

厳しい目線を向けて、フローラは部屋のドアへと近づく。

「フローラ様」

部屋に入って来たヴィルヘルミーナは、先客に驚いたようだった。

「こんな格好ですみません……」

そういう彼女の服装は、ストールをかけて全身を隠してはいるものの、その下は寝間着である。

「さっきまで寝ていたのだから仕方ありませんよ。まだ身体が辛いでしょうに、息子のために駆けつけてくれてありがとう、ヴィルヘルミーナ。でも、あの馬鹿が無茶を言ったらちゃんとひっぱたいてやってちょうだいね」

フローラはヴィルヘルミーナの頬をすりすり撫でて、にっこりと笑う。

「はい、いえ、あの……」

顔を真っ赤にしたヴィルヘルミーナに、また笑ってフローラは手を振って部屋から出て行ってしまう。

「お食事は置いて行きますね」

後ろからついてきていたメイドは、ワゴンに乗せた食事をベッドのそばに置いて去って行った。

そのせいで部屋の中にはヴィルヘルミーナとルドガーの二人きりだ。普通なら伏した主人の食事の介助もせずに出て行くのは考えられないが、これはルドガーたちがゆっくり話をできるようにとのフローラの采配であろう。

ヴィルヘルミーナは所在なげに部屋の入り口に立って、手に持った本らしきものを指先で弄っている。

「立ってないで、こっちに来てくれ」

寝転んだままのルドガーが困ったふうに声をかけると、ヴィルヘルミーナは頷いてベッドに近づき、その傍に置いてある椅子におずおずと座った。その椅子は、今朝まで彼女が看病のために使っていたものだ。

「……食事。先に食べたほうがいいわ。あなたずっと食べてないもの」

「ああ、そうだな」

ベッドを出ようと上半身を起こしかけたルドガーは、怒ったような顔をしたヴィルヘルミーナに肩を押されて、そのまま寝かせられる。

「……や、病みあがりなんだから……大人しく寝ていて」

彼女はそう言い放つと、本をワゴンに置いてからパン粥の乗った皿とスプーンを手にとる。怒っているとばかり思っていた顔は、心底恥ずかしがっている顔だった。どうやら彼女が食べさせてくれるらしい。

湯気のたつ粥を、一口すくい息をかけて冷ます。そうしてそのスプーンをヴィルヘルミーナは彼の口元に差し出した。

「いいのか？」

「……っ、早く食べて！」

顔を真っ赤にしているが、やめるつもりはないらしい。そんな彼女に笑って、ルドガーはありがたく食事の介助を受ける。

「ん……うまいな」

「料理人の腕がよくて、よかったわね」

「お前が食べさせてくれるから余計だな」

つん、とそっけなく言われた言葉にルドガーが返せば、ヴィルヘルミーナは目を見開いてわなわなと震える。

「調子に乗らないで！」

スプーンをぐっとルドガーの口に突っこんで叫んだヴィルヘルミーナだが、次の瞬間には後悔したようにぎゅうっと眉間に皺を寄せた。

そのあとは気まずいのか、無言でヴィルヘルミーナは粥を口に運んでくる。ルドガーも黙ってそれを食べるのをくりかえした。

(俺が庇ったせいで、いやいやでも世話をしてくれてるのか。……記憶が戻ったから、俺のことを嫌いだろうに。まったく、真面目なやつだな)

昔も今も変わらない彼女の性格に愛しさを募らせて、そして自身が嫌われているであろうことを思い出して、気持ちが沈む。

(娼婦と遭遇したんだからな。俺が浮気者のどうしようもない男だとミーナは思ってるだろう……いや、確かにどうしようもない男だな、俺は……。ミーナからすれば、記憶のない間に嫌いな男に騙されて操を奪われたようなものだ。本当は、ここにいるのも苦痛だろう)

すきっ腹に食べるパン粥は、本来ならとても美味しいはずだ。暖かい食事を口に運ばれて、嬉しいはずなのに、どんどん味がしなくなっていく。

(……だが)

ルドガーは、ヴィルヘルミーナの言葉を思い出す。

『もしわたくしの記憶が戻って、万が一『嫌い』って言っても、ルドガー様はわたくしをまた惚れ直させてくださるでしょう?』

記憶のなかったミーナはそう言ってくれた。記憶がなくとも、彼女は、彼女だ。

（俺は、何度でも口説けばいいだけだ）

　ぐっと拳を握って、粥の最後の一口を飲み下す。そうして、次に言うべき言葉をルドガーは頭に思い浮かべる。

「ごめんなさい」

「悪かった」

　二人が謝罪を口にしたのは、同時だった。互いにぽかんとして、怪訝そうな顔になる。

「なんでお前が謝る」

「どうしてあなたが謝るの？」

　これも同時だった。それが恥ずかしかったらしい、きゅっと口を閉じてヴィルヘルミーナは黙りこんだ。

「……では、先に俺からいいか？　お前に謝ることはたくさんあるんだ。許してくれなくてもいいから、まずは聞いてくれ」

　そうルドガーが前置きをすると、ヴィルヘルミーナはこくりと頷く。

「茶会でいざこざに巻きこんですまなかった。いや……本当は、落馬から始まっていたんだ。お前が記憶を失ったあの事故は、ジーベル嬢が企てたことらしい。俺が刺された毒針の吹き矢か？　あいうのでお前の馬を狙ったんだろうな。彼女とはきっぱり終わらせたつもりだったが、納得させられてなかったせいでお前を巻きこんだ。だから……悪かった」

　黙って聞いてくれているヴィルヘルミーナに、上半身を起こしたルドガーは頭を下げる。

「……どうして、どうしてそれがあなたのせいなのよ」

怒ったように発せられたのは、涙声だった。ルドガーが下げた頭を上げれば、俯いた彼女が震えながら涙をこらえているのが目に入る。

「わたくしがお茶会なんかに行かなきゃ、こんな、こんなことにならなかったのに……」

「いいや、俺が悪いんだ。ジーベル嬢が俺に好意を寄せたのは、俺がお前のことを好きだと自覚しないまま、他の子に賛辞を送ってたせいだからな」

「……っ!?」

ぱっと顔を上げたヴィルヘルミーナは、涙を滲ませているのに驚きで固まっている。悲しいのか、驚いているのかわからない、忙しい表情だ。

「気持ちのいい話じゃないが、俺の過ちだ。お前は知らないだろうが、俺が付き合ったり褒めたりしていた令嬢は、みんな緑の目だとか、暗い金髪とか、栗毛とか……そういう子たちだった。その……付き合いで連れて行かれて、抱いてた娼婦も。全員、お前に似てたからなんだ」

ばつが悪くとも彼は誠心誠意、謝らねばならない。そもそも記憶を失っていた彼女に、過去ルドガーが犯した過ちを告白せずに口説いていたのは悪手だったろう。他の男性にとって娼館通いが当然でも、ルドガーがのめりこまなかったのは結局のところ彼の心の中にいたのが一人だけだったからに違いない。ヴィルヘルミーナしか見ていなかったにもかかわらずそれを長く自覚していなかったせいで、誰に対しても不誠実なことをしていたのだ。今彼女の記憶が戻っていてルドガーの過去を知られているのなら、なおさらそれを清算すべきだろう。

「……知ってる、わ」

「は？」

呆然とヴィルヘルミーナが口走るのに、ルドガーは眉根を寄せる。

「……カミラ嬢、コリンナ嬢、ローザ様にフィリーネ嬢、ベルタにクラーラ嬢も……みんな、そう、だったわ。明るい色だったりしたけど……皆、わたくしに、似てたから……？」

列挙された名前が多い。しかも、ルドガーが忘れかけている女性の名前まである。おそらくこれは、付き合った女性だけでなく賛辞を囁いてルドガーに一方的に熱をあげていた令嬢も含まれているのだろう。

「どうしてそれを……」

ルドガーの問いかけに、かっと顔を赤らめたヴィルヘルミーナは慌てて首を振った。

「し、知らないわ！　そんなこと……！　病人は横になって！」

起こしていた身体を勢いよくどっと押されて、思いがけずヴィルヘルミーナに押し倒された形になる。その姿勢がさらに恥ずかしかったらしい。わなわなと震えたもののパニックになりすぎて、彼女はすぐにどくという選択肢が浮かばなかったようだ。

「……そんなに覚えてるのは……俺の自惚れでなければなんだが、もしかして、お前も昔から俺のことが……？」

「……っ」

びくんと震えたヴィルヘルミーナが、ぎゅっと拳を握る。彼女が逃げ出す前に、抱きしめようとしたルドガーは、はた、と気づいた。ルドガーの上に乗った彼女の襟元がたわんで胸元を覗かせている。デコルテの開いた薄い生地の寝間着は、彼女が下に何も身に着けていないのが丸見えだ。そして白い肌に、いくつもの赤い痕が浮いているのも。それは胸元だけでなく、よく見れば服からはみ出た鎖骨周りにも見てとれる。

(待て。さっきの母上の話でもおかしいと思っていたが……)

「今朝ミーナを抱いたのは、夢じゃなかったのか……？」

あまりのことに、思ったことがそのまま口に乗って滑る。

「……ばか！」

弾かれたようにやっと動いたヴィルヘルミーナの平手打ちが飛んでくる。それを甘んじて受けておいて、ルドガーは彼女の手首を捕まえた。

「離して！」

「答えてくれ。どうなんだ？　あんな、都合のいい……俺が何をしても受け入れてくれたのは、どうしてだ？」

手を振り払おうと暴れるヴィルヘルミーナだが、じっと見つめるルドガーの瞳に圧された様子でぐっと黙って、それから伏し目がちに呟く。

「……ゆ、夢だって、ルドが……言う、から……」

「ああ……。確かに言った、な。熱で寝ぼけてたんだ。抵抗せずに抱かせてくれたのは、俺が倒れたのはお前のせいだと思って、それでか？　責任感でお前は」

「そんなわけないじゃない！　好きでもない男に身体を許すほど、わたくしふしだらなんかじゃないわ！」

叫んだヴィルヘルミーナに怯んで、腕の力が弱まった隙に、彼女がルドガーからさっと離れてベッドから降りる。

「ミーナ！」

逃げていくと焦ったルドガーが上半身を起こしたとき、ヴィルヘルミーナはちょうどワゴンに置かれていた本を手に取ってこちらに投げつけるところだった。

「つっ」

胸に当たって膝に落ちた本は、ぱらりとめくれて中が露わになる。それは本ではなく、びっしりと手書きの文字が書いてある、日記帳だった。

「わ、わたくしだって、ずっと……ずっとルドのこと、好きだったのよ！　でも、す、素直になれなくて反対のことばっかり言って……ルドに嫌われないか、って。あなたは、違う子と付き合ってた、し……わたくしと婚約なんかしても、好かれてないから、と思って……わたくし、ずっと……」

それ以上の言葉は、涙を溢れさせたヴィルヘルミーナからは聞けなかった。開かれた日記帳の端々に書かれた『ルドガー』という文字と、『好き』という言葉。それは、ここ一年の間に書かれた日記らしかった。しおりの挟まったページを開けば、そこには婚約式の日について書かれていて、彼女の婚約に対する気持ちも書かれていた。

（まさか、素直になれないから、これを……？）

彼女はいつもつんつんしている。それは間違いない。だからこそ、うまく気持ちを伝えるためにこの想いを綴った日記帳を持ち出したのだろう。ラブレターよりも熱烈な想いばかりが詰まった日記だ。きっとこれを見せるのは恥ずかしかったに違いないのに。

そう思えば、自然とルドガーの口元が緩む。

「ミーナ、お前は俺が嫌いで、婚約をいやがってるとばかり……」

「ばか！」

かけた声に対する返事はそっけない。それにまた笑って、ルドガーは日記帳を閉じて横に置くと、彼女の腕を引き寄せて、ベッドへと引きずりこんで膝に乗せる。

「やだ」

「俺も、お前もずっと遠回りしてたんだな」

「……」

暴れようとするヴィルヘルミーナを、ぎゅうっと抱きしめて耳元で囁く。

「ずっと、お前への気持ちに気づかなくて、すぐに好きだって言えなくて悪かった。愛してる、ミーナ」

「……本当に、昔から、好き……だったの？」

腕の中のヴィルヘルミーナは、鼻を鳴らしながらぼそぼそと問う。

「お前がさっき言ってただろう。みんな、お前に似てる令嬢だったって」

「そう、だけど……だって、ルドが好きって言ってくれたのは……記憶のない『ミーナ』だったじゃない……」

顔を埋めたままぼそぼそと自信なさそうに言う。それにルドガーは首を傾げた。

「どういうことだ？」

「だ、だって……あの『ミーナ』は、あなたの言葉にいちいち反論したりしないし、素直だったわ。だから好きだって言われたんだと思って……」

「お前は記憶があるときもないときも、そんなに性格に違いはなかったぞ？」

「え……っ？」

ぱっと顔を上げたヴィルヘルミーナは、驚きに目を見開いている。その顔が面白いのに、可愛い。

「やられっぱなしじゃ済まさないところとか、好きなものへのこだわり方とか、やりたいことは突き通すところとかな。まあ、確かにずっと敬語だったり、やたら俺に対して素直だったりしてそこは違ったかもしれないが……」

言われた内容への理解が追いついてなさそうなヴィルヘルミーナに、ルドガーは笑む。淑女ぶっているときはポーカーフェイスを保つのだってお手のものの癖に、彼女が思っている以上に表情は饒舌だ。気持ちを率直に語っているこの顔が、何より愛おしい。そんなヴィルヘルミーナの頬を手で包んで、軽く口づけをする。

「俺が好きになったお前は、ずっと変わってない」

「そう……なの？」

「お前がそんなに不安になるのは俺のせいだな。記憶のないお前に、過去のことを話さずに騙すような形で口説いたせいで……。だからお前を余計に不安にさせて、また遠回りをした。悪かった」

ルドガーの言葉に、ヴィルヘルミーナは静かに首を振った。

「……それはもういいの。わたくしがいつもひねくれてて可愛くないんだから、ルドも言えなかったんでしょう？　仕方がないわ」

「何を言ってる。お前は可愛いぞ？」

「下手な慰めはやめて」

拗ねたような顔で伏し目がちになった彼女は、切なげに緑の瞳を揺らしている。

「ずっと可愛い。今もそんな顔して……」

言いながら、ルドガーは溜め息を吐く。我がことながら情けないと思いつつも、芽生えた欲求を抑えられそうにない。

「もう一つお前に謝らないといけないことができたな」

「ルドが謝ることなんてないわ」

困り顔でヴィルヘルミーナが言ったが、ルドガーは「いや」と断言して彼女の唇を奪う。

「悪いな。今すぐにお前が欲しくなった」

そう言って腕に閉じこめたままの彼女の返事を聞く前に、もう一度ルドガーはヴィルヘルミーナと唇を重ねる。数度ついばんで、すぐに深くまで貪り始めた。

「ん、んぅ……ま、って……」

ぬるぬると舌を絡めていると、肩を押されて制止を受ける。

「いやか？」

「そうじゃなくて……！　あなた熱が下がったばかりなのよ。ちゃんと休んで！」

「いやではないんだな？」

笑ってまた唇を重ねようとすると、ヴィルヘルミーナは焦ってルドガーの口を手で押さえた。

「い、いや！　いやよ！　だめなんだから！　……きゃっ」

必死に言い募るヴィルヘルミーナの手の平を舐めてやると、驚いた彼女は手を引いた。それをいいことにルドガーはまた唇を奪う。目をぎゅうっとつむって、舌など入れさせてやるものかと固く閉じているのが微笑ましい。口づけを諦めて、頬にリップ音をたててキスを落とし、耳朶を食めば彼女は震えた。けれど反応すまいと身体を硬直させている。

(可愛いな)

「そんなにいやなら、どうして今朝は抱かせてくれたんだ？」

耳元で囁いてルドガーは指先でヴィルヘルミーナのデコルテをなぞる。

「ここも、ここもだな」

一つ、二つと白い肌に浮かんだ痕を指さして、ルドガーは探るようにヴィルヘルミーナを見る。

「見えたらまずいのはわかってたのに、だめじゃないって言ったのは、なんでだ？」

「ルドのせいだもの……！」

指摘に顔を赤らめながら、ヴィルヘルミーナは両手でデコルテを覆う。しかし、肌のあちこちに執着の印は浮いていて隠しきれなかった。首に唇を寄せて、ちゅうっと音を立てれば、小さな吐息を漏らして、ヴィルヘルミーナが耐えているのがわかる。

「俺のせい？」

「夢の中だけでも、俺のものになってくれって、言う、から……」

だから、抱かれた。

むくれた顔で言う彼女に、ルドガーは深い溜め息を吐く。

「……それは、殺し文句だって、わかってるか？　お前は、俺のものになってくれるのを受け入れたってことだろう」

「それは……」

「ミーナ」

彼女の顎を持ちあげて、なかなか交わらない目線をルドガーはしっかりと合わせる。

(俺の体調を心配してるっていうのはわかるんだがな)

情けなくも、ルドガーは顔が緩んで仕方がない。

「好きだ」

「……」

「今すぐに身も心も繋がりたい。そのあとはちゃんと休むから。だから……だめか？」

じっと見つめると、ヴィルヘルミーナは迷ったように瞳を揺らしたが、観念して目を伏せた。

「もう……わたくしだって、我慢してるのに」

意地っ張りな了承のサインを受けて、ルドガーは唇を重ねる。先ほどは固く閉じられていた唇が開いて、舌で応じるのがいじらしい。

「ん、ふ……ぅんん」

抵抗の姿勢を取っていたヴィルヘルミーナの腕が、ルドガーの首に回される。無防備になった胸を寝間着越しに揉みながら、口を離しかけてはまたすぐに噛みついて舌で熱を確かめあった。ルドガーのズボンはすでに屹立した熱源が硬く布を押しあげていて、今すぐにでも彼女の中に入りたいと訴えている。

（一回じゃ終わらせられそうにないって言ったら、さすがに怒るかな）

想像しながら笑んで、ルドガーはヴィルヘルミーナのスカートをたくしあげる。素早くドロワーズを留めている紐を緩めた。熱があってたどたどしかった今朝と違い、今は指先の動きも軽快だ。すぐに手をドロワーズの中に忍びこませて、下生えの先の肉の芽を弄り始める。

「ふあっる、ド、そんな……急に、そこ……あんっんんっ」

抗議の声とは裏腹に、ヴィルヘルミーナはわずかに股を開いて触れやすくする。まださほど湿ってもいない肉の芽を指の腹でこねてやれば、すぐにぷっくりと膨れて硬くなった。弾力のある豆をこり、こり、と左右に潰してくりかえしているうちに、じわじわと割れ目の奥から蜜が溢れだしてきた。

「あ、あ、ルド、待って……あっすぐ、イっちゃ……」

広がっていた太ももが、力が入ってルドガーの手をきゅっと挟みこむ。

「いいんだ」

「あっ、ぁあっやっあああぁ……っ！」

溢れた愛液をすくい、潤滑油にして肉芽に塗れば滑りがよくなった。それでさらに指の動きを早くして一気にヴィルヘルミーナを絶頂へと導く。かくかくと腿を揺らしながら軽く達したヴィルヘルミーナは、小さく息を吐いてから、こてん、と頭をルドガーの胸に預けた。

「待って、って言ったのに……」

火照った顔でそんな文句を言われても、ルドガーを煽りたてることにしかならない。

「悪いな、早く繋がりたくて」

「……っ」

言いながら彼はもう、ヴィルヘルミーナの服を脱がすために手をかけている。ずりおろしたドロワーズをベッドの脇に放って、すぐに自分のズボンを下ろそうとして、そこでルドガーは止まった。

「アレを忘れてたな」

「あれ？」

ルドガーは一度彼女を膝から下ろすと、サイドチェストの引き出しから、オイルの瓶を取り出した。それからベッドに再び乗りあげて、ヴィルヘルミーナを押し倒す。わかっていない様子の彼女の目の前で瓶をちゃぷんと振って見せ、ルドガーは口の端を上げた。

「避妊」

「あ……」

空いた手でヴィルヘルミーナの腹をく、と押して、彼女に囁く。

「今朝は直接注ぎこんでしまったが……もう孕んだかもな？　なら今夜も使わずにするか？」

「……ばか！　ちゃんとして！」

ぺし、と叩いてヴィルヘルミーナが口を尖らせたのに、眉尻を下げてルドガーは笑う。

「冗談だ。夢だと思って、今朝はやりたい放題だったな」

「……わ、たくしだって……忘れてた、し……」

それはあまりの気持ちよさに流されていた、という意味だろう。

（本当にこれが無意識なんだから、こいつは）

煽っているつもりなどないのだろうが、ルドガーの下半身はさらに硬度を増す。やれやれと内心で溜め息を吐くに留め、彼はヴィルヘルミーナの下腹をもう一度撫でた。

「結婚したら、俺の子をここで孕んでくれよ？」

平手打ちを覚悟しながら言ったのだが、ヴィルヘルミーナはぽかんと口を開いた後、伏し目がちになる。

「早く、結婚したいわ……」

ぽそりと呟いた彼女の言葉で、もうルドガーは我慢の限界だった。瓶のフタをあけて、オイルを手に取ると、ヴィルヘルミーナの股を開かせて割れ目に指を差しこむ。

「あっつめ、た……」

「少しだけ我慢してくれ。……ああ、今朝してたから、中は柔らかいな」

ぐちゅ、ぐちゅ、とオイルを蜜壺に塗りこんで、すぐに追加のオイルを取り出し、また内側にたっぷりと塗りこむ。今、彼女の中に吐精したら、きっと溢れるほどの子種が出るだろう。オイルが少量では彼女を孕ませてしまう。今朝、射精したばかりだが、そんな気がした。

「ふ、ぁ、ああ」

「挿《い》れていいか？」

ズボンをずりおろし、自身に肉棒にもオイルを垂らしながら、ルドガーは余裕なく彼女に尋ねる。

「うん……来て……？」

彼の肩に甘えるように腕をかけ股を開いたヴィルヘルミーナに、ルドガーはたまらず腰を押しつける。オイルと愛液で濡れた割れ目に穂先が当たったのは一瞬で、ぐぐっと狭い入り口を押し開き、ルドガーの熱い肉杭は一気に最奥まで入りこんだ。

「あああ……っ！」

挿入の衝撃で胎を揺らされたヴィルヘルミーナが、甲高い声をあげて中をうねらせる。きゅうきゅうとリズムを刻んだ彼女は、挿《い》れられただけで軽く達したらしい。けれど、快楽はこれからが本番だ。

「ミーナ」

「まって、あっあっん、ん、んんぅ……んぁっ！」

痙攣をくりかえす蜜壺の壁を、容赦なく硬い男根で抉る。ごつごつとしたひだをこすりあげて、何度も奥を突きあげ、泡をたてながら抽送をくりかえせば、すぐにルドガーは上り詰めそうになった。しかし、ぐぐっと最奥で腰を止めると、イきそうな快感を一度逃がしてなんとかこらえる。

「んっふ、ぅあんんっそれ、奥、奥、だめぇ……」

根本まで押しこんだまま、ぐりぐりと胎を揺らしてやると、ヴィルヘルミーナは首を振ってよがる。

「やっぱり奥が好きなんだな。なら、これはどうだ？」

ぬるっと男根を引き抜くと、ルドガーはヴィルヘルミーナの身体を反転させてうつ伏せにする。

「なにをするの……？」

「こうするんだ」

彼女の腰を高く持ちあげ、四つん這いの格好にさせると、ルドガーは後ろから肉棒で責める。

「んんんん……っ!?」

対面でばかり繋がっていたから、初めて後ろから挿入されると違うところが擦れるのだろう。驚いた様子ながらもその声は甘い。

「どうだ？」

ずん、と腰を打ちつけ、最奥の壁を叩いて胎を揺さぶりかける。

「ひぁぁぁああ……っ!? つ、よすぎ……あっあっああ、ああっんっふ、ぁあああんんんっ」

腰をしっかりとつかんで抽送をしてやると、対面のときよりも激しく深く抉って、奥が強く揺れる。その快感に叫びのような嬌声をあげながらヴィルヘルミーナがよがり乱れる。先ほど達したばかりの蜜壺はすぐにぎゅうぎゅうとその部屋を狭くして、ルドガーに絶頂が近いことを知らせる。

「らめ、らめぇ……や、あっルド、これ、やらぁ……」

喘ぎながらいやいやと首を振るヴィルヘルミーナに、自身の限界が近いことを感じながら、ルドガーは尋ねる。

「気持ちいい、だろう?」

「やら、あ、あ、る、どぉ……かお、見えないぃ……んぅっ」

ぐっと腰を打ちつけたルドガーが止まる。今のは危なかった。

「またお前は可愛いことを……」

勢いで中に注ぎこみそうになったルドガーは、奥歯を噛んで耐え、一旦ずるりと自身を抜いた。

そうしてヴィルヘルミーナをもう一度仰向けにする。

「ミーナ」

手を引いて彼女に起きあがるように促すと、拗ねた顔をしたヴィルヘルミーナが、それでも素直に従って上体を起こした。

(顔が見えなかったのが、そんなにいやだったのか)

口元がニヤけそうになりなるのをこらえながら、ルドガーは自分の服を脱ぎ捨てた。ついでに彼女の寝間着の裾をつまみ、下からひっくり返して脱がせてしまう。

ベッドの上にあぐらをかいた彼は両腕を広げて、ヴィルヘルミーナに笑んでみせる。

「ミーナ。抱きしめながらしよう」

「……する」

気持ちに従順な返事が返って来て、ヴィルヘルミーナがおずおずと近寄ってくる。彼女が膝に乗りあげるよりも先に、ルドガーは抱きしめて尻を抱えあげ、膝に乗せながら唇を重ねて貪った。挿入していない肉棒が彼女の腹に当たったのがもどかしかったらしい。ヴィルヘルミーナは、怒張をきゅっと握りこんで、今度は自分で腰を浮かせて割れ目へと導く。

「……俺がミーナをずいぶんいやらしくしてしまったな？」

「知らない！」

そうは言いながらも、ヴィルヘルミーナは竿から手を離さず、腰を沈めて彼を蜜壺に招き入れた。そうして、快楽を得るために自ら腰を振り始める。

「可愛い」

「あっやぁんんんっ」

下から突きあげて、ずんずんと揺らしてやれば、彼女はすぐに自身では動けなくなって、ただルドガーに啼かされた。先ほど絶頂直前で体勢を変えたから、今もすぐに達しそうだ。内側がうねって子種をねだるのに、ルドガー自身も太く硬くなった肉杭で応える。

「イく、あっぁっるど、ぉ……」

「ああ……俺も、ミーナ……っ」

泡立った愛液でぐちゅぐちゅと水音をたてながら、最後の突きあげをくりかえす。頂点間近の肉壁はきゅうっと締まって、快楽を増させた。

「いっしょ、に、んっあ、あ、あ、ぅんんるど、るどああっ」

「ミーナ、もう……っ」

「や、ぁあああ……！」

最後に強く、ぐんっと突きあげたその動きで、声をあげながら二人は果てる。ぎちぎちと痙攣をくりかえす蜜壺に促されて、穂先からびゅーっと勢いよく子種を吐き出した。そのあとにもびゅく、びゅく、とリズムを刻んで何度か注ぎこみ、最後は溢れた白濁が二人の結合部からこぷ、と溢れだす。長い絶頂が終わる頃には、二人は息も荒く汗だくだ。

しっとりと濡れた肌をぴったりとくっつけて抱き合ったまま、ルドガーはヴィルヘルミーナに軽く口づけを落とす。

「大丈夫、か？」

「わたくしは……大丈夫……ルドは……？」

ふわふわとしながら答えた彼女は、疲労が強そうだ。

「俺も大丈夫だ」

「うそばっかり」

「お互いさまだな」

そう言ったらなんだか笑えて、二人で顔を合わせてくすくすと笑う。繋がった身体のまま抱きしめる力を強くして、ルドガーはもう一度軽く唇を重ねた。離すと同時にすぐに唇を追いかけてきたのは、ヴィルヘルミーナのほうだった。舌を絡めながら、背中に回した手で彼女は愛おしげにルドガーを撫でる。至近距離で視線がかちあうと、ヴィルヘルミーナは目を細めて笑った。

「……フローラ様にまた怒られてしまうわね」

「ああ……そういえば。お前に無理を強いるなと怒られたんだったな」

「ふふ。一緒に怒られてあげる」

「それは……心強いな」

そうして笑いあって、二人は唇をまた重ね合わせる。その夜、長い時を経て想いを確認しあったルドガーたちは、ようやく身も心も結ばれたのだった。

エピローグ　不器用騎士様は最愛の婚約者を逃がさない

情事の疲れで抱き合ったまま同じベッドで寝こけた二人は、翌朝、起こしにきた従者に見つかってひと騒動起こすはめになった。本来なら二人して怒られるはずのところだが、ダールベルク家ではルドガーの女性関係について信用がない。

「また無理を強いて！」

フローラはルドガーを一方的にこってり絞り、ヴィルヘルミーナは下半身のだらしないルドガーに組み敷かれた可哀想な未来の嫁、ということでしっかり労わられたのだった。

その後、ルドガーは静養という名の一週間の自宅軟禁を命じられた。一方、元々ルドガーの看病のために泊まりこんでいたヴィルヘルミーナは、彼の熱が下がったこともあり、朝のうちにシュルツ家へと帰っている。彼女は翌日から、落馬事件の被害者兼参考人として騎士が話を聞きにきたりして忙しくなってしまい、見舞いに来る暇がなかった。結果的にルドガーは強制的に禁欲生活を送るはめになったのだった。

ヴィルヘルミーナの代わりにルドガーを見舞いに来てくれたのは、悪友のアロイスである。ただし、彼はルドガーを労わる気などまったくない。

「お前なあ。事件に巻きこまれてるとか、そういう危ないことはちゃんと相談しろっての」

数日前にフローラにされたのと同じ説教をアロイスからも受けて、ルドガーは苦笑するばかりだ。

「それで？　ヴィルヘルミーナちゃんとはうまくいったんだ？」

ニヤニヤ笑いのアロイスが根掘り葉掘り聞き出そうとしてきた時点で、ルドガーはアロイスを叩きだした。

顔を出せない間のヴィルヘルミーナは、こまめに手紙で近況を教えてくれた。

自宅に戻った彼女は記憶を取り戻したことについて改めて両親に報告したらしい。しかし、特に問題はなかった。元々彼女が記憶を失っていても家族の態度は変わっていなかったから、当然と言えば当然のことなのかもしれない。

これは手紙には書かれていない話だったが、ヴィルヘルミーナはシュルツ夫人には次のとおりにからかわれている。

「もう記憶喪失じゃなくても、ルドくんに素直になれるようになったのねえ」

「どういうこと？」

きょとんとしたヴィルヘルミーナに、にこにこ笑顔のシュルツ夫人は、トントン、と指先で首元を示す。それは、ルドガーにつけられた所有印が見えている、という指摘だ。瞬間、ゆでだこになったヴィルヘルミーナは反論の言葉を探したが、うまい台詞が出てこない。

そもそも初めてを捧げるために泊まりに行っているうえ、今回だって婚約者が倒れたとはいえ、ルドガーの家に看病のために二日も泊まりこんでいたのだ。しかも体中に執着の痕をつけて戻ってきたとなれば、二人の間に何があったのかなど、容易に想像がつく。

「……お化粧で隠します……」

「しばらくはそうなさい」

そう言ってシュルツ夫人はころころと笑うのだった。

ちなみに記憶喪失を理由に社交を控えさせられていたヴィルヘルミーナは、落馬事件の解決と共に、社交復帰を家族に許されたらしい。ルドガーの自宅軟禁が解除される頃には、茶会への参加を再開した。夜会にも徐々に復帰していき、そうしてルドガーたちの生活は日常に戻ったのである。

とはいえ、全てがいつも通りのようで、ヴィルヘルミーナが記憶喪失になる前と、決定的に変わったものもいくつかあった。

一つ目の変化は、他のご令嬢方からのルドガーへのアプローチがなくなったことだ。ヴィルヘルミーナと婚約したあとも、ルドガーが断固として誰とも付き合わないにもかかわらず、令嬢たちからの誘いが多少はあった。しかしカミラからの手紙が来なくなった頃から、ルドガーへの声かけはぱったりと途絶えていた。その原因はカミラである。彼女は自分よりも身分の低い令嬢方に、ルドガーと付き合うのは自分であると言いふらして、言い寄るなら容赦しないと脅しつけていたそうだ。

茶会でカミラが凶行に及んだことと、ルドガーが婚約者を守って倒れたことはあっという間に社交界中に広まった。彼の最愛は婚約者であるヴィルヘルミーナであることは明白だ。おかげでカミラの恋人だという噂が消えても、結婚の決まっている彼に色目を使う女性が現れることはなくなった。

二つ目の変化は、社交界からカミラ・ジーベルが消えたことだろう。

お茶会の事件のあと、カミラは騎士隊に取り調べを受けた。

「私は悪くない！　あの女が！　あの女がルド様を誑《たぶら》かしたのよ！　私のルド様なのに！」

終始そのような調子で、カミラへの取り調べは難航したが、目撃者も物的証拠も揃いすぎている。カミラが茶会当日に持っていた吹き矢を調べた結果、茶会当日の傷害罪だけでなく、落馬事件時の犯人であることも証明された。

落馬事件当時、ヴィルヘルミーナは後ろから吹き矢を打たれたため、カミラの姿を見ていない。だから、立証は難しいと思われた。しかしカミラが茶会のときに使っていた吹き矢の毒針は、毒の種類こそ違ったが、落馬事件時に馬に刺さっていたものと一致したのだ。しかも、毒薬はカミラの部屋から何種類も押収された上、落馬事件の当日に乗馬をしに行っていた記録が残っているとなれば、言い訳のしようがなかった。

いずれの事件も殺人未遂ではあるものの、成人していない伯爵家の娘の犯行ということで、監視つきでの執行猶予が与えられた。とはいえ、猶予期間中の社交は禁じられ家族以外の貴族との接触が許されないため、事実上の自宅軟禁である。さらに、ジーベル伯爵はその罰だけで許されることをよしとせず、許可を得てカミラを隣国でも戒律が厳しいと評判の修道院送りに処した。

傷害罪を犯した彼女は、元々嫁ぐ予定だった相手から婚約破棄されている。カミラの凶行は国中に知れ渡っているため、新たな嫁ぎ先は見つからないだろう。仮に執行猶予の期間が明けて社交界に復帰したとしても、カミラは腫れもの扱いをされるのは明らかだ。そう考えれば彼女にとって修道院送りは、針のむしろで暮らし続けるよりもマシなのかもしれない。

「君達には本当に迷惑をかけた」

全ての処理が終わったあと、ダールベルク家を訪ねてそう謝罪したジーベル伯爵は、ずいぶんとやつれたようだった。

「末娘だからと、私が甘やかしすぎたんだ」

彼がカミラの犯行に直接手を貸したわけではないが、娘のねだるままになんでも与えていたジーベル伯爵にも確かに罪があるのだろう。自分も責任を取ると言って、ジーベル伯爵は息子に爵位を譲り、引退してしまったので、国からは一人の優秀な騎士も失われたのである。

そうした変化の中で、ヴィルヘルミーナが記憶喪失になる前と比べて一番変わったことは、言うまでもなくルドガーたちの関係だった。

婚約する前は一度たりともデートに行ったことがなかった彼らは、今では暇を見つけては二人で会っている。そうして重ねた日々の中で、この日も忙しい合間を縫って、ルドガーはヴィルヘルミーナとの時間を楽しんでいるところだった。

「ん……る、ど、だめ……」

部屋の中にあるソファで、ヴィルヘルミーナの隣に座って唇を重ねている。

「少しだけだ」

ドレスのスカートの裾をたくしあげて、太ももを撫でるルドガーは、そう言いつつも舌をねっとりと絡めて一向にやめる素振りがない。そのまま唇を顎、首筋に這わせたところで、ヴィルヘルミーナが、ぺち、と叩いてくる。

「もう！　そこはだめって言ってるでしょ」

首筋に痕をつけられるのではないかと、ヴィルヘルミーナは怒る。しかしその顔は蕩け始めていて、行為自体はまんざらでもなさそうだ。なんだかんだといって、彼女はルドガーに触れられるのに弱い。だが今日は流されてはくれないらしい。それ以上悪戯されないように胸元を手で覆って、ルドガーを阻止した。

彼女が今着ているのは、デコルテを美しく見せたデザインのドレスだった。先ほどまでそのドレス姿で共に部屋の外にいたのだが、そのときにルドガーの気に食わないことがあったのだ。

「……目立つところについてたら、もうちょっかいかけようなんて輩が現れなくなるだろ」

こつ、とヴィルヘルミーナの肩に頭を乗せて、不貞腐れたルドガーはぼやく。

「ルドもやきもちをやくのね？」

おかしそうにヴィルヘルミーナが言ったのに、ルドガーはますます気に入らないという様子で、甘えたふうに彼女の腰を抱き寄せた。

「そうだ。みっともないだろう。お前が可愛すぎるから、俺がいるのに鼻の下を伸ばした野郎どもが湧いてくる」

つまりはヴィルヘルミーナが、他の男に声をかけられたのが気に食わないのだ。ヴィルヘルミーナはルドガーと相思相愛になって以降、それまでのようにつんつんした態度が出ることもまだあるものの、ずいぶんと雰囲気が柔らかくなった。美しい彼女に密かに想いを寄せる男は元々少なくなかったというのに、ルドガーの隣でふんわりと笑む彼女の姿に、火に集まる蛾のごとくふらふらと寄って来る男が余計に増えた。以前ならそんな男どもに対してヴィルヘルミーナは冷たかったが、彼女も心の余裕ができたのだろう、あしらい方が穏やかだ。だから空気の読めない男は何度でも寄って来る。

(俺がいるのに、ミーナと俺が政略結婚だとでも思ってるのか、あいつらは)

熱烈なキスマークが見えるところにでもあれば、そんな奴らは寄ってこなくなるのに、とルドガーは思わざるを得ない。

「……そういう嫉妬は、わたくしのほうばかりだと思っていたけれど……」

それを言われてはぐうの音も出ない。気持ちに無自覚だったルドガーと違って、ヴィルヘルミーナは一途にルドガーを想い続けていたのだ。おかげで別の女性とデートをする姿を見たり、社交界でルドガーの噂を聞いたりするたびにずいぶんと辛い想いをしただろう。それが誇張された噂だったとしても、だ。

「……悪かった。俺が、ばかなばっかりに……」

「その謝罪はもう聞き飽きちゃったわ」

くすくす笑いながらヴィルヘルミーナが言う。それに答える言葉を見つけられなかったルドガーは、苦笑した。

「……なあ、隠れるところならいいだろう？」

そう言いながら彼女のスカートをまくりあげた彼は、ヴィルヘルミーナが抗議するよりも早く太ももに唇を寄せている。

「やっぁ……」

皮膚の薄い場所を撫でながらきつく吸いあげられると、大事な部分にルドガーの顔が近いという緊張もあいまって、ヴィルヘルミーナは身体を震わせてしまう。

「前につけたやつ、もう薄いな……」

溜め息を吐いたルドガーはもう一つ赤い印を刻みつける。痕が薄いのは近頃、彼らが情事を営む時間を持てていないからだ。デートの帰りなどにルドガーが悪戯をするに留まっていたうえ、彼女に前に会ったのは一週間も前だ。そのせいで彼の鬱憤もずいぶんと溜まっている。

「見えないところに、つけたって……虫よけに、ならない、じゃない……んんっ」

「あと一つだけだ」

「あ……っもう、だめ。……そんなことしなくても、わたくしはルドの、だわ……」

ぽす、とルドガーの頭を押さえてヴィルヘルミーナが拗ねたように言う。それに驚いて顔を上げると、顔を真っ赤にした彼女と目が合った。ルドガーは唇を落とすのは諦めて深い溜め息を吐いたあとで、太ももに頬を擦り寄せる。

「……早く結婚したい」

口をついて出た台詞は、実にしみじみと彼の本心を語っていた。結婚してしまえば、虫よけなどする必要もないのだ。それに今はおあずけを食らっていることだって、思う存分にできる。

そんな情けない本音を見透かしたのか、ヴィルヘルミーナはまた笑った。

「もうするじゃない」

そう告げた彼女が着ているドレスは、誓いを立てるために仕立てられた純白のもので、対するルドガーは騎士の礼装だ。実のところ、今日が結婚式なのである。この地域では結婚の宣誓式が始まる前に、一度新郎新婦で来場客に挨拶をする風習があり、そのときに来客の男にヴィルヘルミーナが声をかけられたというわけである。

今は宣誓式前の休憩時間で、音をあげたルドガーが彼女を一人占めにしているところだ。

「そうなんだが、な……」

ルドガーは溜め息を吐く。しばらく会えていなかったのに、今日は宣誓式のあとに披露宴という名の宴会が夜遅くまである。久々のヴィルヘルミーナとのスキンシップをもっと早く楽しみたい。今は隣に彼女がいて触れられるのに、彼女を抱ける時間になるにはまだまだ遠い。それが余計にルドガーを女々しくさせるのだ。

野性味溢れた容姿が魅力的な彼は、女性との付き合いにおいても格好よかったはずなのに、ヴィルヘルミーナとのことになるとどうにも不器用で、ださくて、騎士らしくない姿ばかり見せてしまう。それが悔しいのに、ヴィルヘルミーナの前ではいつまでたってもうまくとりつくろえないでいる。

もっとも、ルドガーが想い人にだけ見せるその情けない顔を、ヴィルヘルミーナが存外気に入っていることを、彼は知らない。

「ねえ、顔を上げて、ルド」

そっと頬に触れたヴィルヘルミーナに促されて、ルドガーは身体を起こした。

「あの、ね……わたくしも……夜が、待ち遠しいわ。だから、その……拗ねないで？」

彼女は照れながらもそう言って、ルドガーの唇に軽く重ね合わせる。

「……本当に、お前は……ますます待ち遠しいな」

やれやれと首を振って、ルドガーは婚約者を抱きしめる。ちょうどそのとき、二人きりの時間に終わりを告げるノック音が響いた。

「仕方ない、行くか」

「ええ」

立ちあがった二人は、並んで結婚の宣誓式に向かった。すでに来客でいっぱいになった教会の中を新郎新婦が進むと、次々に声がかけられる。

「おめでとう！」

「やっとだな、チクショウ」

祝福とも野次ともつかないその言葉に笑いながら教会の祭壇まで進んで、ルドガーたちは夫婦の誓いを立てる。

「わたくし、ヴィルヘルミーナは、ルドガー・ダールベルクを夫として迎え、生涯を共に歩むことを誓います」

「ルドガー・ダールベルクは、ヴィルヘルミーナ・シュルツを妻として迎え、生涯愛し、彼女を守り、共に歩むことを誓います」

「では、誓いの口づけを」

促されて向かい合い、ルドガーに両頬を包まれたヴィルヘルミーナは目を細めた。

「愛してるわ、ルド」

「……ああ」

不意に彼女から告げられた言葉に、ルドガーは笑む。

「愛してる、ミーナ」

祝福の鐘が鳴る中、どちらからともなく唇を重ね合わせ、二人は結ばれた。

そうして、遠回りをくりかえした不器用な騎士は、最愛の婚約者を逃がさず、一生の妻として捕まえたのだった。

番外編　濃密な初夜

結婚式のあとにシュルツ家のホールで行われている披露宴は、なかなか終わらなかった。何しろ普段から付き合いのある家同士だ。会話は尽きない。しかも招待客のほとんどは今夜、シュルツ家に宿泊することになっている。だから宴会は深夜まで続くのではないかと思われた。

（一体いつになれば、俺はミーナと二人きりになれるんだ……）

そんなふうに新郎のルドガーがげんなりしてしまうのも仕方のないことだろう。幸いにして婚約式のときとは違い、この宴会の間、ヴィルヘルミーナは隣にいる。友人たちが気を使って新郎新婦を並べてくれているのだろう。

だが、傍にいるのに思う存分に触れられないのも生殺しだ。ヴィルヘルミーナも同じ気持ちのようで、友人たちと喋ってはいるものの、どことなくそわそわしている様子である。

「飲み物は足りてるかしら？」

ルドガーたちに近づいてきて声をかけたのは、シュルツ夫人だった。本来ならば飲み物などの配膳はメイドたちの仕事だ。その話題は単純に場に入るきっかけに過ぎない。

「お母様」

「大丈夫です。ありがとうございます」

姑の登場に、ルドガーは背筋を伸ばす。対して、ヴィルヘルミーナは意図を察して微笑んだ。

「そういえば、少し喉が渇いたかも。わたくし、取りに行こうかしら」

ちらりと目線を向けられて、遅れて意図に気づいたルドガーは頷く。

「俺も一緒に行こう」

「そうしてらっしゃいな」

うふふ、と笑ったシュルツ夫人は、さりげなくヴィルヘルミーナたちがいた場所に入れ替わる。そうして集まっていた友人たちの視線を彼女たちから逸らした。輪から離れたルドガーに対し、シュルツ夫人はそっとウィンクする。

『あなたたち、このまま抜け出してもいいわよ』

そういう意味なのだろう。新郎新婦がいつまでも終わりの見えない宴会に拘束されていてもあとが疲れてしまう。

今日は、二人の初夜なのだ。

もちろん、シュルツ夫人はヴィルヘルミーナの疲労を心配してのことだろう。何しろ彼女は結婚式のための仕度を早朝からしていた。式の合間や教会からシュルツ家に移動中など細かに休憩をとっていたが、疲れているのは間違いない。

とはいえ、これからさらにルドガーが彼女の体力を奪う予定なのだが。シュルツ夫人のおかげで広間を抜け出した二人は顔を見合わせて笑う。

「なんだか悪戯してるみたいだな」

エスコートのために組んでいた腕をするりと腰に回して、ルドガーが言う。するとヴィルヘルミーナは呆れたような目になった。

「どんな悪戯をするって言うのかしら」

腰を撫でまわそうとした腕をぺち、と叩かれて、ルドガーはまた笑う。抜け出したことについての言及だったが、ミーナはルドガーの不埒な手を咎めている。でもそんな行き違いは気にならなかった。今は多分、どんなことをされても上機嫌だ。

(お前を貪りつくす、と言ったらどんな顔をするかな)

また怒られるだろうか、とにやけそうになったところで、広間の喧騒が耳に入る。

「しかし、本当に行ってもいいのか？」

「大丈夫だと思うわ。ほら」

ヴィルヘルミーナが目を向けた先には、メイドのエルマがお辞儀をしていた。恐らくシュルツ夫人が気を利かせてあらかじめ采配していたのだろう。

「お部屋にご案内いたしますね」

エルマの案内でルドガーたちは屋敷の中を進む。向かうのはヴィルヘルミーナの寝室だ。結婚式の当日は花嫁の家に泊まる習わしである。その例に漏れず、二人も今夜はシュルツ家で一晩を過ごすことになっている。新婦のヴィルヘルミーナにとっては生家での最後の夜だ。

(歩くのがもどかしいな)

ヴィルヘルミーナの腰に腕を回したまま歩いているが、叶うことならもう抱きあげて寝室に駆けこみたかった。エルマの先導がやけに遅く感じられる。先ほど咎められたので、身体を撫でまわすことができないのもじれったい。なのに彼女に触れた掌から伝わる熱だけで、ルドガーはさらに昴っていく。

「……あのときみたいね」

ぽそりと小さく囁かれて、ルドガーは小さく息を呑んだ。彼女はきっと初めてルドガーと契った日のことを言っているのだろう。あのときはダールベルク家だった。腕はエスコートの形だったし、緊張していたので状況が少し違う。けれども、遅い足取りで部屋に向かっているのは同じである。そして、部屋に着いたらすることも。

「そうだな」

ごくりと喉を鳴らしたルドガーは、つい手に力がこもる。勝手知ったるシュルツ家の廊下が、ずいぶんと長く感じられた。あと少しで部屋に着くというところで、前方から別のメイドがやってきた。

「あっエルマ！　……お嬢様、失礼しました」

メイドはエルマの顔を見るなり、ほっとしたような顔をする。だが、そのすぐ後ろにルドガーたちがいるのに気づいて、すぐにかしこまった。なにやら慌てた様子である。ルドガーたちにお辞儀をして通り過ぎるのを待とうとするものの、そのメイドにヴィルヘルミーナが声をかけた。

「どうしたの？　エルマに用？」

「はい……ですが」

「わたくしたちはもう部屋に戻るだけだもの。エルマ、一緒に行ってあげてちょうだい」

「かしこまりました。ありがとうございます。では、お嬢様、ダールベルク様。今夜はもうわたくしどもからはお伺いいたしませんので、ごゆっくりお休みください」

エルマはそう告げると、お辞儀をしてメイドと共にきた道を戻っていく。

（ゆっくり、な……）

それは初夜のことを指しているのだろう。含みにまた顔が緩みそうになる。

「行くか」

「……ええ」

頷きあって、再びルドガーたちは歩き始める。けれども、先ほどまで穏やかだった足取りはだんだんと早くなり、いつしか早歩きになっていた。もはや誰も見ていないとばかりに、ルドガーは腰を撫でまわし始める。それを彼女も咎めなかった。

無言で歩いて、ようやくヴィルヘルミーナの寝室にたどり着いた二人は、扉を開くなりすぐさまに入った。

「ミーナ」

ばたん、と扉を閉じた直後にルドガーは、身体を押しつけて腕と扉との間に新妻を閉じこめる。すかさず唇を奪って、何度もついばんだ。

「ん……んぅ……っる、ど……」

「ああ」

きゅっと服をつかまれたのに短く応えて、ルドガーは舌を差しこんで貪る。今日はもう朝からずいぶんと長いこと我慢した。

舌で歯列をなぞって上あごをくすぐり、ヴィルヘルミーナの舌に触れてやる。すると彼女はおずおずとそれに応えて絡めてくれた。

式のときに誓いのキスはしたが、触れるだけの可愛いものだ。あんなの口づけのうちにも入らないとルドガーは思う。結婚式まで何日も会えなかった。それに今日だって隣に着飾ったヴィルヘルミーナがいたのに、存分に触れることすら叶わなかった。

もちろん休憩時間中にも多少は触れていたが、今からはそれ以上のことができるのだ。やっと二人きりで、もう今夜は人目も時刻も気にする必要がない。解放感にルドガーは新妻の口を深く吸い、彼女の背中を指でなぞってつぅっと手を下へと伸ばす。先ほども撫でていた腰を今度は揉みこんでやれば、ヴィルヘルミーナの吐息が荒くなった。もう彼女の身体も期待で火照っているのだろう。ドレス越しではあるが、股に湿気ったような熱気を感じる。それに気分をよくして、ルドガーは首筋に舌を這わせ始める。

(甘いな)

ずっと触れていなかったから、舐めとる彼女の汗すらまろやかに感じる。ちゅうっと強く吸えば、白い首筋に鮮やかな所有印がついた。

「ま、まって……ぁ……っ」

「もうここにつけてもいいだろう？　今日は初夜なんだ」

「ん……そうじゃ、なくて……！　もう！」

まさぐり続けるルドガーの手をぺし、と叩いてヴィルヘルミーナは怒る。自分だって積極的に舌を絡めて応えたくせに。そう言えばもっと怒るのだろうと思いながら、ルドガーはかろうじて止まる。正直なところ、今すぐにでも彼女を貫いてしまいたいくらいなのだ。すでに彼の下半身に熱が集まっていることを、彼女も気づいているに違いない。

「どうした」

「鍵もかけてないじゃない！　それに、べ、ベッド……」

ちらりと視線を逸らしたヴィルヘルミーナに、ルドガーはふっと息を漏らした。

「そうだな。ここじゃ、お前の声が廊下に漏れるかもしれないしな？」

「ばか！」

またもぺちんと叩かれる。

「わかったわかった」

笑いをかみ殺しながら、内鍵を回してルドガーはヴィルヘルミーナを抱きあげた。

「あ……っ」

そうしてベッドを振り返って、ルドガーは目を瞠る。

「……この準備は、お前がさせたのか？」

「し、知らない……」

明らかに嘘をついている。彼女の顔は真っ赤だ。

部屋の中は一言でいってロマンチックだった。いつもならランプをサイドチェストに一つ灯すだけで済ますだろう。だが、今夜は部屋の中にいくつもキャンドルが灯されている。それだけでなく、猫足のテーブルセットにはわざわざクロスがかけられ、飲み物と軽食の準備がある。ベッドには花びらが散らされていて、ほのかに甘い香りも漂っていた。まさに初夜の寝室という感じである。きっと結婚式の前にヴィルヘルミーナがああでもないこうでもないと一生懸命考えて、準備を進めたのだろう。そう思うと、またもやルドガーの顔が緩む。

（まったく、こいつは可愛いことしかしないな）

「いい部屋だ」

「……そう？　なら、いいの」

つむじに口づけてやりながら言えば、ちょっぴり得意げに返ってくるのがおかしい。ゆっくりとベッドに下ろしてやってから、ルドガーはばさりとマントを脱ぎ捨てた。するとヴィルヘルミーナが「あっ」と小さく声をあげる。

「ルド、待って」

首元のボタンをはずそうとしていたルドガーは片眉を上げた。

「なんだ、俺は今日一日充分待ったはずだぞ。それにミーナも待てなかったんじゃないのか？」

「違うの、服を……まだ脱がないで」

「まさか恥ずかしがってるのか？　俺の身体を見るのなんて今さらだろう」

「そうじゃなくて……」

しどろもどろになったヴィルヘルミーナが、そわそわと視線をさまよわせる。どうやら本音を言うべきかどうか迷っているらしい。

「もう待てない」

ボタンを外して上着を脱ごうとした瞬間に、「だめ！」と裾をつかまれた。

「かっこいいのまだちゃんと見てないわ！」

「……ん？」

叫んだヴィルヘルミーナは恥ずかしかったらしい。顔を両手で覆ったが、首元まで真っ赤になっているのが丸見えだ。

「だって……ルドの制服、ちゃんと、見たことないから……」

「………ああ、この服か」

脱ぎかけていた手を止めて、ルドガーは目をしばたかせる。今日の彼の装いは、騎士の礼服だった。濃紺の生地で仕立てられたスタンドカラーのジャケットに、細かなつる草模様の刺繍が金糸で施されている。刺繍と同じ色味の肩章がついていて、そこにマントを片掛けにするというのが、この礼服のデザインである。おまけにいつもは嵌めていない手袋までつけている。

これは式典等に参加するように支給されている服で、普段の任務のときとは装いが異なる。騎士は婚礼のときなどかしこまった場に出るときには、礼服を着用するのが決まりだ。とはいえ通常の社交の場などでは、特に服の定めはない。だからヴィルヘルミーナの前でこれを着てみせるのは初めてだ。昼間の休憩時も一緒にはいたが、そのときには堅苦しいからと言ってマントを外した状態だったり、前を寛げただらしない格好だった。式や宴会の間はきちんと着用していたが、ずっと隣にいたからまじまじと見るチャンスがなかったのだろう。

（かっこいい、か）

ルドガーが笑ってしまったら、彼女はますますふくれっ面になるだろう。わかっていても、口元が緩む。一度外したボタンを再度はめて、ルドガーは床に放ったばかりのマントを拾ってつけなおした。

「ほら、ミーナ。これでいいか？」

ベッドの前で両手を広げて声をかけてやる。するといまだに顔を覆ったままだったヴィルヘルミーナがおずおずと指の隙間から目を覗かせた。

「そんな遠慮してないでしっかり見ろ。俺にもお前のドレスをよく見せてくれ」

「……わかったわ」

ヴィルヘルミーナは返事をして、身体を起こすとベッドのふちに座ってルドガーをじっと見つめる。先ほどと変わらず頬を紅潮させているが、今はただ見惚れているらしい。

（可愛いな）

マントを翻しながら回ってやれば、ぱあっと顔を輝かせている。

「王子様みたい……」

（王子⁉）

なんとも夢見がちな台詞が零れたことに、ヴィルヘルミーナは意識外のようだ。シュルツ夫人が心配していた通り、実のところ彼女は本当に疲れているのかもしれない。先ほどからうっかりと素直すぎる本音が漏れているのだから。

面食らったものの、愛する人にそんなふうに思われて嬉しくないわけがない。

「じゃあ、俺はお前だけの王子様だな。お姫様？」

すっと跪いてヴィルヘルミーナの手を取り、ルドガーは気障な動作で手の甲に口づけてみせる。

「えっ？　あ……っ」

内心のつぶやきが漏れていたことに気づいたのだろう。驚いた声をあげた彼女は、次にぎゅうっと眉間に皺を寄せた。

「子どもっぽいって思ったんでしょう。それにお姫様なんて柄じゃないって……」

そっぽを向いて拗ねたヴィルヘルミーナに、ルドガーは首を傾げる。だがすぐに思い至った。

（ああ、いつものやつか）

くつくつと喉を鳴らして、ルドガーはヴィルヘルミーナの頬に軽く口づけた。

「またお前はそんな可愛いことを言って。お前が俺のお姫様じゃないならなんだっていうんだ。何度言えば、お前が可愛いってことをミーナは認めるんだ？」

立ちあがりながらルドガーは言って、片膝をベッドに乗りあげる。

「可愛くないもの」

すぐに憎まれ口をたたく女なんか可愛くないに決まっている。彼女はずっとそう思っているのだ。

それにこうやって反論するのだってよくないのだと、自分自身でわかっているのだろう。なのに言わずにはいられないのを自己嫌悪してまた眉間に皺が寄る。両想いになった今もたまにこうして拗ねるのだ。だが、その一連の流れ全てが、『本当はルドガーに素直になりたいのに』という、いじらしいヴィルヘルミーナの想いを体現している。それが嬉しくてたまらない。

「ミーナ」

顎に手を添えてこちらを向かせ、彼女に噛みつくような口づけを落とす。舌を差しこめば、応えてくるおかげでついさらに深く求めそうになった。だが、一度唇を離したルドガーは、伏し目がちになった緑の瞳をまっすぐに見つめてやる。

「知ってるか、ミーナ。俺は悪い王子様だからな、言って信じてもらえないなら、実力行使に出るんだぞ」

「……どういうこと？」

「お姫様の身体に教えこむってことだ」

「ん……っ」

再び唇を重ねながら、ルドガーは彼女を押し倒す。

「ばか！　ルドがシたいだけでしょ！」

怒った声が返ってきて、ルドガーは笑った。そんなことを言いながらも、彼女は大人しく組み敷かれている。片腕で彼女の腕をベッドに縫い留めてはいるものの、その必要すらなかった。だが、押さえているほうが悪戯をしている気がして楽しい。そのままもう片手の手袋を咥えて抜きとる。その動作に目を奪われたのだろう。ヴィルヘルミーナは文句を言っていたのも忘れて彼の口元に視線を注いでいた。

「ミーナはシたくなかったか？」

その答えがわかりきっていて、ルドガーは尋ねる。するりと太ももに手を這わせれば、ヴィルヘルミーナが足を震わせた。途端に唇を尖らせる。

「まだ……服、ちゃんと見れてないわ……」

「ならそのまま下からじっくり見てればいい。俺も、お前のドレス姿を堪能するからな」

「えっあ……っ」

スカートをめくりあげることをせず、ルドガーはつま先から触れて手だけを中に侵入させる。ソックス越しの足を撫であげて、ソックスガーターのある太ももにまですぐに到達した。今日は婚礼衣装の特別仕様だ。いつもの太ももを覆うドロワーズではない。股の形にぴったりと添う三角形の布地の端についている腰紐を、横で結んで留めるタイプの下着である。だから、脱がさずとも股のすぐ近くまで素肌に触れられる。滑らかな内腿の肌を楽しみながらヴィルヘルミーナの顔を窺えば、言われた通りにルドガーを見ているらしい。

(ベッドの上では本当にいつも素直だな)

さらに奥のつけ根のあたりにまで指を進めると、じっとりと汗をかいたような熱気が伝わってくる。先ほどの口づけでやはり濡れ始めているのだろう。

「んっ……もしかして、着たままするの……？」

「だめか？」

「汚れちゃうでしょ……」

そう言う割にはやはり抵抗がない。

（して欲しいんだな）

「俺が無理やりやって汚したって言えばいい」

「んぅ……ん……」

「いいだろう？」

「ん……」

股をやんわりと揉みこみながらねだる。鼻にかかった吐息を漏らしながら、ヴィルヘルミーナは小さく頷いた。

「そうこなくちゃな」

それを合図に、秘部への愛撫を本格的に開始する。熱のこもった割れ目から愛液が漏れているらしい。下着をしっとりと濡らしている。その染みを広げるようにさらに揉みこんでやるとヴィルヘルミーナの息は荒くなった。気持ちよさに身を任せているのか、彼女はわずかに口を開いたままで、瞼が伏せ気味だ。

「ほら、目を閉じたら俺の服が見えないぞ？」

「い、じわる……言わないで……ぁっ」

「お前が可愛いんだから仕方ないだろう」

下着を横にずらし、指先を割れ目へと侵入させる。熟れた肉の花弁は柔らかにルドガーを受け入れて、くちゅ、と小さな水音を立てた。蜜をすくいあげてその先の肉の芽に触れると、そこは愛液を塗りこむまでもなくぬるぬるになっている。ぷっくりと膨れた敏感な豆をこねてやれば、ヴィルヘルミーナの腰がびくんと跳ねた。

「あっ……ゃっあんんっる、ど……そこ、つよす、ぎ……っ」

「でもここを気持ちよくしないと、いつまでも繋がれないからな」

「ひぁっあ、あぁ……っだめ、ぇ……」

押さえていた腕が、ようやく暴れはじめる。といってもこれは逃げたくてもがいているのではない。気持ちよさに身体が勝手に動いてしまっているだけだろう。だめだと言ってもその声音は甘く、腰をくねらせてよがっている。なおも肉芽を虐めてやりながら腕を解放してやれば、すがるようにルドガーのマントをつまんできた。

「る、どぉ……はやく、なか……は、ぁんん……ほしい……」

「まだ触り始めたばっかりだろうが」

「だって……んぁっが、まん、してたのに……あっやぁあ……」

いやいやと首を振って、なおもヴィルヘルミーナはねだってくる。

「はは。お前は焦らすのは得意な癖に、焦らされるのは本当に辛抱ならんやつだな」

「だって……やっああっだめ、あっイっちゃ……やだぁ……！」

ぎゅっと内腿に力をこめた彼女から、ぱっと手を離す。ヴィルヘルミーナは泣きそうな顔になった。それは達する直前でおあずけされたせいではないだろう。

「わかってる。俺のでイきたいんだろ？　だが、挿《い》れるのは久々なんだ。いい子で俺に解《ほぐ》されろ」

ルドガーだってズボンを押しあげた熱源を解放したくてたまらない。けれどきちんと中を緩めなければ辛いのはヴィルヘルミーナだ。

「ふ……ぁうぅ……」

「ほら、指を挿《い》れてやるから」

「ひゃんっ」

ぐちゅ、と指をまとめて二本割れ目に潜りこませ、入り口のすぐそばのポイントをこすってやる。

ごつごつとした内壁をゆっくりと押してやれば、ヴィルヘルミーナの声はいよいよ甲高くなった。

蜜壺はぎゅうぎゅうと狭くなって指を締めつける。先ほどイきそうだと自己申告していた通り、彼女の絶頂は近い。けれど、悦《よ》いポイントをくりかえし押すことはせずに、肉棒の通り道を広げるようにぐるりと中をかき回す。その感触に、ルドガーは片眉を上げた。

「ふ……んんっる、ど……やぁあ……」

「なんだ、ずいぶん柔らかいな。もしかして一人でシてたのか？」

「……っち、ちが……あぅう」

「なら俺の指が奥まで入るのはどうしてだ？」

子宮が降りてきている。けれど、指先で揺らしてやれば簡単に動くのは、触れあっていなかった間も中を解《ほぐ》していた証ではないのか。すぐにそう思うのは、彼女が浮気するだなんて微塵も思い浮かばないからだ。

（ミーナはやらしいことには積極的だからな）

もちろん、それはルドガーと二人きりのときだけである。いつも完璧な令嬢を装っていて、人目があるときにはしっかりしている彼女が、ルドガーの腕の中でだけ乱れて素直になる。それが愛おしい。

「一人でシないとこうはならないだろう。悪いお姫様だな？」

「ちがっんんっちがぅう……ぁっじゅん、び……で、ふぁっ」

「準備？」

つい、弄る手が止まる。

「……ふ、ぅ……ひさし、ぶりにするときは……準備をしておくと、いいからって……だから、し……シたわけじゃ……」

おそらくそれはシュルツ夫人の入れ知恵だろう。つまり、自慰をしたのではなく、いつでも挿入できるようにしていただけ。そういう主張だ。実際には解《ほぐ》すために自分で触ったのだろうから変わりないが。

「俺のためか」

それはずいぶんいやらしくて可愛い。ルドガーを中に受け入れるための準備を、彼を思いながら一人でしていたのだと思うといじらしいではないか。結婚の宣誓式の前に『夜が待ち遠しい』と言っていたのは、彼女の準備が万端だったからというのもあるのだろう。

（本当にいつも無自覚に煽ってくれる）

愛する人を大事にしたい一心で前戯をしているのに、彼女はその配慮をやすやすと超えてくる。

「じゃあ、応えてやらないわけにはいかないな」

ちゅぽんっと指を引き抜いて、ルドガーはズボンの前を寛げる。途端に勢いよく屹立した男根が現れた。彼の怒張はヴィルヘルミーナから愛撫などされたことはないが、そんなもの必要ないほどにいつも熱を集めている。

これから動けば汗をかくことだろう。だが、初夜に備えていた健気な新妻が、この服が気に入っているらしいから、しばらくは着たままでいようと思う。だから今は肉棒だけが露わになったおかしな格好だった。

ルドガーもしっかり服を着こんでいるが、それはヴィルヘルミーナも同じである。ベッドにおろしたあとに脱がそうと思っていた靴はいまだ履いたままだ。この状態でまぐわおうだなんて、なんと性急な情事だろう。しかも二人の身体はベッドに乗りきっていない。ヴィルヘルミーナは足をベッドの端からはみ出させたままだし、ルドガーはベッドに膝を乗りあげただけの状態だ。でももう、繋がるのを待ちきれない。

ばさりとスカートをめくって、ヴィルヘルミーナの股を開かせる。そうして下着の結びを片方だけ解《ほど》いてから、太ももを抱えこんだ。

「挿《い》れるぞ」

「ん……きて……？」

マントから手を離したヴィルヘルミーナが甘えるように両腕を伸ばした。それを首に回させながら、穂先を入り口に押し当てれば、ぐちゅ、と音が鳴る。軽く腰を沈めただけで、先端を飲みこみそうだ。入り口がかなり柔らかい。

「ミーナ、愛してる」

「んぅ……っ」

ゆっくりと押しこんでやれば、ぬぷぷ、と蜜壺に迎え入れられる。久々に熱い肉に包まれて、ルドガーは奥歯を噛んだ。

(すぐにもっていかれそうだな)

「あ……おおきい……あっまた大きく……？　ひぁっ」

「俺に手加減をさせる気がないだろう、お前」

「だ、って、大きい、から……んぁっそ、な……ぁあっ」

煽られた分、奥をぐりぐりと揺らして虐めてやる。それだけで内壁がきゅうきゅうとうねって、絶頂が近いことを訴えてくる。

「ほら、いっぱい揺らしてやる」

「ひ、ぁっあんんっあ……っだ、めぇ……すぐ、イっちゃ……うぅっふぁあああ……っ！」

叫びと共にリズミカルに痙攣しはじめ、ヴィルヘルミーナは達した。

(……危ない)

久々な情事のせいだろう。ぎちぎちと締めあげる動きはなかなか治まらず、竿が刺激されて子種が強くねだられる。だがさすがに始めてすぐに自分も達するのは情けない。その想いから腰の動きを止めて、ルドガーはイきそうなのをなんとかこらえた。

「ちゃんと俺のでイけたな、ミーナ」

「ん……」

奥を緩やかに揺すぶってやると、甘やかな声が漏れる。まだ軽くヒクヒクと蠢いている蜜壺に肉棒を前後させれば、ヴィルヘルミーナが「待って」と呟いた。絶頂した直後にさらに責め立ててやるといつも彼女はよがり乱れる。そうされる気配を察したのだろう。

「もう待てない」

彼女の身体を反転させて、今度はベッドにうつ伏せにさせる。足がベッドからはみ出しているから、ちょうど尻を突き出したような状態だ。

「ルド、この格好は……」

「まだ終わらないのはわかってるな？　お前の肌にもっと触れたいからな。今から服を脱がすぞ」

「脱がせる、だけ……？」

顔を見ながらの情事を好む彼女は、後ろからの挿入をいつもいやがる。今日も文句を言いかけて振り返ったが、ルドガーの言葉に首を傾げた。確かにドレスを脱がせるには後ろのリボンを解《ほど》かねばならない。

「ああ。たっぷり可愛がりながら、脱がしてやる」

「え、やっぁあっ」

ヴィルヘルミーナが疑問を口にする前に、がっしりと腰をつかんで、もう抽送を開始している。ぬちゅぬちゅと音をたてながら浅いピストンをくりかえしながら、ルドガーは彼女の背のリボンを解《ほど》いていった。

「あっんぁ……っる、ど……っやぁあ……！」

「だめじゃないだろう？　ほら」

「ひあああああ……っ！」

ずんっと強く打ちつけると、子宮を激しく叩く。その刺激に、ヴィルヘルミーナは悲鳴をあげた。

「奥、好きだろう？」

「つよ、すぎて……んんっ感じ、すぎるからぁ……っ」

うなじに唇を落としながら尋ねれば首を振って彼女がこぼす。

「そりゃ何よりだ」

「やぁああ」

奥をゆっくりとゆすってやりながら、ドレスリボンを解《ほど》きる。背中にそのまま唇を這わせ、コルセットの紐も解《ほど》いていった。先ほど絶頂したばかりの彼女の中は、またもや頂点が近いのだろう。ぎゅうぎゅうと壁を狭くしてルドガーも達するように促してくる。

（今出したら本当にドレスを汚すからな）

ルドガーのせいにしていいとは言ったものの、この綺麗な婚礼衣装を本当に白濁で汚してしまうのは気がひける。次またヴィルヘルミーナが達したら、ルドガーはこらえられないだろう。

「ほら、脱がすぞ」

ずるっと肉棒を引き抜いてから、ルドガーはうつ伏せ状態の彼女からドレスをまとめて引き下ろして脱がす。これで彼女は脱げかけの下着とソックス、そして靴とガーターというなんともちぐはぐな格好になった。靴だけは脱がせてやったが、彼女を抱えてベッドに寝かせなおすと、ルドガーはマントを取った。

「そろそろ緩めるくらいはしてもいいだろう？」

「あ……」

目の前でボタンを外して、ルドガーは胸元をはだけさせてみる。彼女を愛撫することは多々あっても、肌を合わせることはあまりないから、鍛えあげられた身体をヴィルヘルミーナは見慣れていない。だから、脱いで見せるたびに彼女はルドガーの肉体に釘づけになる。

(むっつりすけべ、というやつなんだろうな)

だが彼女へのサービスはそこまでである。もうここまで剥けば、存分に彼女に注ぎこんでもいいだろう。

「あ、わたくし、も……」

ブーツを脱いでルドガーがベッドに乗りあげる。それを見たヴィルヘルミーナは、ソックスを履いたままなのが恥ずかしかったのか、ガーターベルトを外そうとした。だがその手を遮って、ルドガーは足をつかむと持ちあげて脛に口づけを落とす。

「そのままでいい」

ルドガーは彼女の前に膝立ちになると、彼女の両足をまとめて腕に抱きこんで、腰を浮かせる。

さらに自分の膝にヴィルヘルミーナの尻を乗せる形にして屹立を押しつけた。

「んぁあっ」

挿入の許可を得ずに、再度彼女の中に男根を埋める。そうしてすぐにルドガーは腰を振り始めた。

「やっぁ、っんんっは……ああっいき、なり……はげ、し……！」

「さっきまで散々ゆっくりしてやっただろ」

太ももを閉じているから、中は余計に狭い。それでいつもよりも強く内側が擦られるのだろう。

先ほど絶頂が近かったせいもあって、動き始めからぎゅうぎゅうに締めつけてくる。それを感じながらばちゅばちゅと水音と破裂音を響かせ、ルドガーはひたすらに突きあげた。

「だ、めぇ……き、ちゃう……また、ぁあっやぁああ……っ」

「ああ……」

は、と息を吐きながらさらにピストンを速める。穂先で抉りながら奥を叩くのをくりかえしていると、いよいよ中が狭くなった。

「んっは、ぁあああ……っ」

ぎちぎちとリズムを刻んで、蜜壺が痙攣する。だがそれを受けてなお、ルドガーは彼女を責め立てた。

「あっだ、めぇ……いま、あっああっイって……んぁああっ」

ベッドに投げ出した手でシーツをつかんで、ヴィルヘルミーナが叫ぶ。

「俺ももうすぐだ」

「は、ぁんっあっふぁっ」

「ミーナ……！」

どちゅっと最奥を突きあげて、ルドガーはやっと腰を制止させる。途端に、竿がびくんと震えて、びゅうっと勢いよく子種を吐き出し始める。情事がしばらくぶりだったせいだろう。白濁の量がいつもより多い。二度三度と痙攣に合わせて注ぎこんで、ようやく射精が終わった。

「あつい……」

熱を叩きつけられた胎と裏腹に、ルドガーの男根は急速に熱を失って萎んでいく。収まりきらなかった子種が結合部からとろりと溢れて、ヴィルヘルミーナの股を汚した。

「大丈夫か？」

ヴィルヘルミーナの両足を下ろしたが、彼は繋がったままでいる。股を割った状態のままルドガーは彼女に覆いかぶさった。その動作でぬるりと肉棒が抜け落ちて、ヴィルヘルミーナが小さく声をあげる。それが可愛くて唇を軽くついばんでやると、嬉しそうに口づけを返してきた。

「ん……だいじょう、ぶ……」

どう見ても大丈夫ではない。散々に喘がされて、肌にはしっとりと汗をかいている。朝からのこともあってくたくただろう。だが、それをわかっていてルドガーは頷いた。

「そうか」

離れていた唇を再び重ねて、今度は舌を絡めていく。

「ん……んぅ……っ？」

情事は終わったばかり。ヴィルヘルミーナはそう思っていたことだろう。だが、ルドガーにとっては始まったばかりだ。空いた手で胸を揉み、尖りをこねる。ちゅるちゅると口内を愛するうちに、ルドガーの下半身は再び熱を集め始めている。首筋に新しい所有印をつけ、胸へも口で愛撫を開始すれば、肩を叩かれた。

「ま、まって……する、の……？」

「ああ。久しぶりだからな。ご覧のとおり、まだ治まりがつかない」

怒張を股に擦りつけてやれば、ルドガーの状況を知った彼女は小さく息を呑む。

「お姫様は王子様と結ばれるものだろう？　だがな。ずっと我慢してたら王子だってこうなる。いやか？」

「いや……じゃ、ないけど……」

一度欲を放ったあとに、ルドガーがヴィルヘルミーナをさらに求める欲求が湧くことは珍しくない。だが、いつもは時間の都合で、情事を続けることはほとんどなかった。そうでなくとも彼女の負担を考えていつもならルドガーは遠慮をする。そんな彼にヴィルヘルミーナが続きの行為を促すことが多いのだ。

(俺から二回目を求めるのは初めてだったか？)

だから戸惑っているのだろう。そう思ったのだが。

「もう少し、ゆっくり……して。だって、まだまだするんでしょう……？　こんなに激しくしたら……もたないわ」

「は……」

それはこの初夜に幾度となく情事をすることを前提として話しているのではないか。ずいぶんと積極的に煽ってくれるが、今日もヴィルヘルミーナはそのことに気づいていないらしい。

「まったく……俺の可愛い奥さんは困ったやつだな」

「奥さん……」

ぽつ、と呟いてヴィルヘルミーナが頬を染める。しかしすぐにはっとしたように、首を傾げた。

「どういうこと？」

「これからも俺はお前に振り回されるってことだ」

「わたくし振り回してなんかないわ」

むっとしたヴィルヘルミーナに、ルドガーはついつい口元が緩んだ。そんな彼女の秘部に、男根をあてがう。

「俺はずっとミーナに煽られっぱなしだよ」

「え？　やっあ、ぁんんっルド……、ま……って！」

腰を沈めれば、割れ目は簡単に肉棒を迎え入れる。彼女の制止の声など、歓喜にうねる蜜壺の前では説得力ゼロだ。

夜が待ち遠しい。それは二人とも思っていたことだが、きっとルドガーが思う以上に、ヴィルヘルミーナも楽しみにしていたに違いない。ヴィルヘルミーナはいつもちょっぴりいやらしくて無自覚に可愛い。そんな新妻のおかげで、初夜は想定よりもかなり長くなりそうだった。

番外編　新婚旅行で『やりなおしデート』

この地域では、新婚の夫婦は結婚式の翌日から数日の旅行に出かける風習がある。ルドガーとヴィルヘルミーナもその例に漏れず、新婚旅行へと旅立った。とはいっても、目的地はさほど遠くない。馬車を一日ほど走らせた隣街だ。

ルドガーたちが住む王都の隣街は、人気の旅行スポットである。港があり他国と交易しているため、流行りの商品もここから入ってくる。国内にいながらにして、他国の風を感じることができる場所なので、いつでも人が溢れかえっているのだ。

馬車の移動中は初夜の疲れを引きずって、二人して寝こけていた。だが居眠りのおかげもあって、夜に到着する頃にはすっかり元気になり、宿で寝る前にちょっぴりいちゃいちゃする余裕もできたくらいである。とはいえ、翌日のために最後まではせずに切りあげている。

そうして、結婚式から二日後、ルドガーとヴィルヘルミーナの新婚旅行は本格的に開始された。

本来なら日中もメイドがついて回ってしかるべきだろう。実際、ヴィルヘルミーナは身支度など世話のために専属メイドのエルマを連れてきているから、この旅行中もずっと彼女を随行させることはできる。とはいえ、そこは新婚旅行なので日中のエルマは別行動だ。

ちなみにルドガーは騎士生活で慣れているため従僕は連れてきていない。

このためいつものデートと同様に二人きりで出かけることになっている。宿から馬車に乗ってここまできて、散策を始めたルドガーたちは上機嫌だった。

しかしトラブルというのはつきものである。

「悪いな、ミーナ。また俺は浮かれていたらしい」

「ルドのせいじゃないわ。わたくしがよそ見していたせいよ」

ヴィルヘルミーナは、ばつが悪そうに口を尖らせている。

今日は街中をぶらぶらと散歩しながら見物する予定だったから、靴は歩きやすいものを選んでいる。だというのに、はしゃぎすぎていたのかヴィルヘルミーナは転んでしまったのだ。ちょうどエスコートをしていない瞬間だったから、ルドガーも彼女を支えることができなかった。

ベンチに座らせて検分したところ、幸いにして怪我は何もない。だが、新婚旅行だからと選んだお気に入りのドレスは土埃で汚れたし、新調したばかりのグローブも破れている。

「一度宿に帰ろう」

「いいえ、このままで大丈夫よ。ドレスがちょっと汚れてるくらい……」

そこでぐっと口をつぐんで、ヴィルヘルミーナは眉間に皺を寄せた。ここから宿まではそれなりに距離があるから、帰るなら馬車を拾わねばならない。だが馬車に乗って戻ったところで、今から再び身支度を整えて出かけなおすとなるとかなり時間がかかるだろう。それではデートが台無しだ。だから着替えはいらない、と言っているに違いない。

「ドレスが汚れてちゃお前も気になるだろう？」

「大丈夫って言ってるじゃない！」

グローブにそっと触れたルドガーの手を、ぱしん、とヴィルヘルミーナが払いのけた。途端に眉間の皺を深くして、辛そうな顔をする。

「……ごめんなさい」

ぽそりと謝ったヴィルヘルミーナに、「大丈夫だ」と答えて彼女の頬を撫でてやる。着替えたいのはやまやまだが、時間も無駄にしたくない。きっとそのせめぎ合いだ。いらいらなんてしたくないのに、八つ当たりまでしてしまって彼女はすぐに後悔している。楽しみだった新婚旅行の出鼻を自らくじいたように感じて辛いのだろう。そんなヴィルヘルミーナの心情が手に取るようにわかって、ルドガーは内心で嘆息する。

（さて、どうしたもんかな）

なんとか彼女に笑って欲しい。そう思いながら立ったルドガーは周囲に視線を巡らせてある店に気づいた。

「ミーナ。なら予定通り、買い物に行こう。行きたい店があるんだが、いいか？」

「……ええ」

ルドガーが折れたことに、彼女は少しほっとした様子で頷く。手を差し出せば、破れて汚れたグローブで触れるのをためらったらしい、自身の指先を見て、ヴィルヘルミーナは一人で立ちあがった。その彼女の手をつかんで強引にエスコートをする。

「汚れちゃうわ」

顔を顰《しか》めたヴィルヘルミーナに、ルドガーは笑う。

「汚れよりも、お前と触れあえないほうがいやだからな」

「……またそんなこと言って」

口調は責める調子だが、頬はわずかに緩んでいる。そうして彼女の腕を繋ぎとめて向かったのは、仕立て屋だった。

「ルド……」

声をあげたヴィルヘルミーナの手を軽く握りこんでやり、ルドガーは構わず店内へ入る。

「いらっしゃいませ。……あら」

品のよさそうな美人の針子が、入ってきた二人を見て目を瞠る。

「すまないが、こんな状況でね。ドレスを見たい」

「ルド、何を言っているの」

ドレスは仕立て屋でサイズを測って、身体に合わせたものを一から仕立てるものだ。だから今仕立て屋にきたって、新しいドレスが着られるわけではない。そう言いたいのだろう。

「今すぐのお着替えですわね？　ぴったりのものがございますよ。こちらへどうぞ」

針子が案内したのは、生地のある棚ではなく、その隣のドアだった。入った先に、いくつものドレスが並んでいる。

「これは……どなたかに納品を待っているドレスかしら？」

「いいえ。これは既製服と言いまして。隣国から入ってきた新しい販売方法のドレスなんですよ」

「既製服？」

首を傾げたヴィルヘルミーナは、もう一度並んだドレスを見回した。

「一から仕立てるドレスでなくて、『型』というのを使って同じドレスをいくつも作って通常のドレスよりも廉価で売るんだそうだ。これならサイズが合えば、この場で着替えてそのまま出かけられるだろう？」

「まあ！　お客様は物知りでいらっしゃいますね。その通りです。せっかくのお出かけに災難でしたわね。どうぞ、お好みのドレスをお選びください」

愛想よく続けた針子とルドガーの顔を見比べて、ヴィルヘルミーナは困ったような顔になる。

「無駄遣いじゃないかしら……」

「なに、服が一着増えるくらいいいだろう？　それにドレスくらいでこのあとが気持ちよく過ごせるなら安いもんだ」

ルドガーは意識的に軽く話す。

実際には既製服が廉価とはいっても、そこまで安いわけでもない。オートクチュールの中でも質素なドレスよりも少し安い程度の値段だ。これは海を越えて船で持ってくる分の価格が上乗せされているせいである。予定になかった買い物なのだから余計な出費だろう。値札は置いてないものの、生地からしてさほど安くないことをヴィルヘルミーナは察しているのかもしれない。しかし。

「……ありがとう。じゃあ、無駄遣いにならないようにするわね」

ようやく少しだけ笑ってくれた。

(折れてくれたか)

ほっとしたルドガーも微笑み返す。そのあとは、針子の助言を得ながら、ルドガーは和気あいあいとドレスを見立て始めた。

（ミーナの服を選ぶっていうのも悪くないな）

「お客様は何を着てもお似合いになりそうですねえ」

「そうだろう？　彼女は美人だからな。なんでも着こなしてしまうんだ」

「まあ」

笑って惚気るルドガーに、針子はくすくすと笑う。

「だが全部着せたくなって困るな。選べない」

「では、お客様の装いに合わせたお色味で、こちらのドレスなんかいかがでしょうか」

針子が勧めたのは爽やかな若草色のデイドレスだった。針子の言う通り、ルドガーが着ている服に色味が近い。

今日の彼の装いのイメージカラーは緑だ。濃緑のシンプルなジャケットに合わせ、内に着たジレは同じ色味に鮮やかなエメラルドグリーンの糸で刺繍を施したものである。もともとヴィルヘルミーナの瞳の色に合わせたコーディネートだったが、夫婦でそろえるのも悪くない。

「ああ、それはいいな。ミーナ、どうだ？」

「いいんじゃないかしら。それにするわ」

すぐさまにヴィルヘルミーナが頷いたので、すんなりとドレスは決まった。ついでにグローブも選ぶ。そうして会計を済ませ、彼女は汚れ一つない新しいドレスに着替えることができたのだった。

ちなみに汚れたドレスについては預かってもらい、帰りに引き取りにくることになっている。服も綺麗になり、時間のロスも最小限に抑えられた。これでヴィルヘルミーナの機嫌も戻るだろう。

そう思ったのだが。

「……どうした？　浮かない顔をして」

仕立て屋をあとにして歩き出してすぐに、ルドガーが尋ねる。

「なんでもないわ。行きましょう」

「なんでもないって顔はしてないだろう。言ってみろ。ミーナはどんな顔してても可愛いが、笑ってるのが一番いい。不満は俺に全部ぶつけてくれ」

組んでいる腕をとんとんと叩いてやれば、ヴィルヘルミーナはぎゅうっと眉間に皺を寄せた。

「……っまたあなたは、そんなことばっかり言って……！」

「ん？」

「ルドガーは女誑《たら》しだわ！」

きっと睨んでヴィルヘルミーナが訴える。それは妻に首ったけの男に対して、酷な批判だろう。

とはいえ、過去について言えばその文句も間違いではない。何しろ歯の浮くような賛辞を他の令嬢に囁いていて、ルドガーは令嬢たちの憧れの的だったのだから。

だが、それは想いを自覚してからというもの、ぱったりと途絶えている。それに過去娼館に行った回数も、交際した女性の人数も、ヴィルヘルミーナが想像していたより実際はもっと少なかったという事実はもう明かしている。それを彼女も認めてか、近頃はずっと愛称で呼んでくれていた。

なのにそれを罵りと同時にやめられるのはさすがに堪える。

「ミーナ」

「他の女性とデートしているときも、さっきみたいにしてきたんでしょう？」

「さっき？」

「あんなふうに、綺麗な人と仲良さそうに話して……ドレスにだって詳しいし……」

美人の針子とヴィルヘルミーナのドレスを見立てていたときの会話のことを言っているらしい。

（確かにあの針子の店員は美人だったかもしれないが……いや、そうじゃない）

「まさか……嫉妬したのか？」

指摘に、ぴくんと彼女が震える。

「っそうよ、嫉妬よ！　可愛げのない態度しか取れない女が妻になって残念だったわね！」

「待て」

「どう？　思ってたことを言ったわよ。こんな醜い本音を聞いて満足!?」

ルドガーの言葉を遮り叫んだヴィルヘルミーナは、唇を噛んで俯く。表情は見えないが、いつも通り言ったことを後悔して顔を歪めているのだろう。

（本当に、こいつは）

「ああ、満足だ」

「……っ！」

ぱっと腕を振りほどいて、ヴィルヘルミーナは先に歩いていこうとする。その腕を再度捕まえた。

「離して」

「ミーナ」

身体を引き寄せて、そのまま彼女を後ろから抱きこむ。逃げ出そうともがく彼女のつむじに口づけた。周囲を歩いている人が、騒ぐ二人をチラチラ見てくる。

「こんな往来で何を考えているの。離してったら」

「いいや、離さない」

「せっかくのデートにむくれてばっかりの女なんか放っておいてよ。ルドが気を使ってくれても……『記憶のないミーナ』みたいに可愛く素直になんて、わたくしはやっぱりなれないんだわ。みっともない嫉妬までして……」

ヴィルヘルミーナは拳を握る。

「みっともなくなんかない」

「どこが……！」

叫びかけてから、ヴィルヘルミーナはいったん息を吐く。往来の人目を気にしてのことだろう。抱きしめられている時点で充分注目は浴びているのだが。

「……これ以上いやな言葉を言う前に、頭を冷やしてきたいの。だから、お願い。離して」

いくぶんか声は落ち着いたものの、彼女はまだ腕から抜け出そうともがいている。

「俺がお前を一人にするわけないだろう。それに、いやな言葉なものか。俺はミーナがそうやって気持ちを正直に話してくれて嬉しいぞ？」

「なだめるためにいい加減なこと言わないで」

「本当のことだ。前は俺のことをなじりはしても理由を教えてくれなかっただろう。俺もかっとなって口喧嘩になってばっかりで聞けなくてな……悪かった」

最後には、過去への後悔が滲んだ。

両想いになってからというもの、彼らはほとんど衝突することなくやってこれていた。それはきっと、ルドガーがまっすぐに愛を伝えているおかげだ。そしてヴィルヘルミーナが素直に応えてくれるからだろう。とはいえ、彼女の性格が根本から変わったわけではない。ヴィルヘルミーナは今でも時折本音と真逆のことを言ってしまう。そうして一人で傷ついたような顔をしてはすぐに謝る。しかもそんなときには絶対にその心中を明かしてくれなかったのだ。

(こういう本音は、ずっと話してくれないと思ってたんだがな)

なのに彼女は今、初めて打ち明けてくれた。半ば諦めていたことが叶って、ルドガーの胸にほんのりと喜びが沸く。

「ミーナ。お前の気持ちはいつだって知りたいし、願いごとはなんでも叶えてやりたい。だから、これからも全部教えてくれ」

なおもつむじに口づけながら囁く。するとようやく彼女の抵抗が止まった。

「……わかったから、もう離して。……恥ずかしいわ」

むくれた声に喉を鳴らして笑い、ルドガーは彼女を解放する。けれどもしっかりとエスコートの形に腕を絡めさせた。それを振りほどかない彼女の頬は、赤く染まっている。

(可愛いな)

「……あなたって本当に女誑《たら》しだと思う……」

「だが俺が口説くのはミーナだけだからな」

「そういうところよ……。ルドは誰にでもそうやって甘い言葉を言うから……ずっと他の女の子たちが羨ましかったの」

「羨ましい、か」

ふむ、とルドガーは考える。

「他にも羨ましいと思っていたことはないか？　もしくはしてみたかったこととか」

「……どうしてそう、わたくしの苦い思い出をほじくりだそうとするのよ」

「今日はその『今までやりたかったこと』をやろう。全部はできないかもしれないが……一緒にやって、その『苦い思い出』を新婚旅行の思い出に塗り替えてしまえ」

「え……」

顔を上げたヴィルヘルミーナが、ぱちぱちと緑の瞳をまばたきさせてルドガーを見る。過去を消すことはできないが、新しい思い出を作っていけばいいのだ。

「今日できなかったことは、これから少しずつやっていこう。俺たちは夫婦になったんだからな。いくらでも時間が作れる。……いやか？」

「……ルドは、面倒臭くないの……？」

「面倒臭いことなのか？　俺はミーナが喜ぶことが知れていいことしかないと思うんだが」

首を傾げて言えば、ヴィルヘルミーナは小さく息を吐いた。

「あなたって……本当、わたくしに甘いと思うの」

それは婚約者同士になって初めてのデートのときも言った言葉に似ている。それを思い出してルドガーは目元を緩めた。

「お前の願いはなんでも叶えてやりたいからな」

「…………ありがとう」

ルドガーの念押しの言葉に、口を開いて一瞬彼女は止まる。どんなにヴィルヘルミーナがツンツンしても、ルドガーは気にせず彼女を愛する。それが伝わったのだろう。ヴィルヘルミーナは照れたように言い、ルドガーに頭を預けた。

＊＊＊

ヴィルヘルミーナの最初の『やりたかったこと』は、ルドガーにとっては意外だった。

「アクセサリーを選んで欲しい？」

「ええ」

「さっきドレスを選んで……あー、針子のおすすめだったか。でも、俺が選ぶのか？」

念押しで確認すれば、ヴィルヘルミーナは小さく頷いた。

「わたくしに似合うものを……ルドに考えて欲しいの」

「ミーナはあまり装飾品類に興味がないと思っていたな」

率直な感想を言う。ヴィルヘルミーナは貴族らしく装いを整えていておしゃれではある。けれど、折り目ごとに新調する程度で、必要に迫られない限りはドレスや装飾品類を一度にいくつも買うようなことはなかった。そのルドガーの指摘に、彼女はそわそわと目線をさまよわせた。

「……好きな人がわたくしのために選んでくれたものを、身に着けたいって思うのは……変かしら」

「変じゃない。可愛いな」

つい抱きしめたくなる衝動を抑えながら、ルドガーは即答する。小さく「ばか」と言われたのでさえ頬が緩んだ。

「では張り切って選ぼう」

そう言って装飾品類を取り扱う店に入ったものの、選ぶのは難航した。

「失念してたが……お前はなんでも似合うからな……いくつまで買っていいんだ？」

「無駄遣いしないで！　……一個でいいの。たくさんあったら全部を毎日は着けられないでしょう……」

「そうか……」

(プレゼントをずっと身に着けるつもりなのか)

無自覚にそれを告白していることをヴィルヘルミーナは気づいていないらしい。指摘するとまた顔を赤くして怒りそうなので今は黙っておく。だが、やはり顔が緩むのは抑えられなかった。対外的には野性味溢れる色男として通っていたルドガーは、愛する妻の前ではデレデレしっぱなしである。

似合いそうなアクセサリーを、ヴィルヘルミーナの髪や肌に当てては、ああでもないこうでもないと悩んでやっと決めた。

「じゃあ、これにしよう」

選んだのは、ルドガーの髪色に似た赤銅色の石があしらわれたブレスレットだ。会計を済ませたところでヴィルヘルミーナを振り返る。

「このブレスレットなら、服を問わずに袖の内側に入れればいつでもつけられるだろう？」

「いつでも……？」

「ん。毎日でも着けたいんだろうと思って選んだんだが……違ったか？」

ルドガーの言葉に、彼女の顔がぼっと赤らんだ。

「……違わ、ないわ……」

見透かされていたのが恥ずかしかったのだろう。両頬を手で覆って、ヴィルヘルミーナは伏し目がちに肯定する。その彼女の手にブレスレットをつけてやって、手首に口づけた。

「ならいいな。じゃあ次に行こう」

「…………ええ」

ぴくんと震えたヴィルヘルミーナは、店員の目を気にしたようなそぶりを見せる。だが、恥ずかしさよりも嬉しさが勝ったらしい彼女は、大人しく返事をした。

そうして装飾品を選んだ次は、ティータイムだった。個室タイプでゆっくりとお茶とお菓子を楽しめる店に入り、エスコートして座らせる。焼き菓子とケーキ、それからお茶とコーヒーが運ばれてきて、個室の中には二人きりになった。とはいえ、部屋にはテラスに続くガラス扉があるので、通りからは部屋の中が丸見えである。

「パティスリーでデートは何度もしてるが、これでよかったのか？」

同じタイプの店にも来たことがあるし、改めてやるようなことだとも思えない。だからコーヒーに手をつける前にルドガーは妻を窺った。彼女はケーキが届いてから、フォークを握ったまま固まっている。

「ミーナ？」

「……っその……わたくしがやりたいのは……」

ぎゅうっとフォークを握りしめた彼女の唇が引き結ばれる。

「ん。なんだ？」

穏やかなルドガーの催促に、ヴィルヘルミーナは眉間に深い皺を刻んだ。次の言葉を口にする前に、ぶすっとケーキにフォークを突きたてる。普段のいかにも品のよい動作とはかけ離れている。

そうして一口を切り分けてフォークに刺すと、無言でルドガーのほうに差し出してきた。

（ああ。そういうことか）

よくよく考えれば、ヴィルヘルミーナが選んだケーキは、今日に限ってルドガー好みのものだ。

「うまそうだな」

目を細めて、そのケーキをぱくりと口にする。ほろ苦くも甘い味わいが口の中に広がって、ルドガーは楽しくなった。一方のヴィルヘルミーナは渋面のまま、わなわなと震えている。今日の彼女はずっと顔を赤くしてばかりだ。

「ああ、いいな。もう一口もらってもいいか？」

「……いいわよ」

次はいくぶんか落ち着いた様子で、ケーキを差し出してくれる。それを頬張って、ルドガーは飲み下す。

(これがやりたかったんだな)

毒事件のときに、ヴィルヘルミーナにパン粥を食べさせてもらったことはある。だがあれは看病だったし、こういう『甘い恋人同士』のやり取りをしてみたかったのだろう。憧れるものがいちいち可愛らしい。

(じゃあ次は俺か)

「ミーナ、これも食べてみないか？」

ルドガーは手元の焼き菓子を一つ取りあげてみせる。

「……食べようかしら」

「ほら」

頷いた彼女の口元にそれを近づけてやれば、素直に一口かじった。もくもくと食べるヴィルヘルミーナは今にも羞恥で爆発しそうな顔をしている。きっと味などわかっていないだろう。

「どうだ？」

「ん……おいしいわ」

「そうか。確かにうまいな」

「ルド……！」

残りを一口で食べたルドガーを見て、目を丸くした彼女が声をあげる。

（食べかけを食べるなんて、って考えてるんだろうな）

そう思ってから、すぐに悪戯を思いついた。もう一つ焼き菓子をつまみあげてヴィルヘルミーナに差し出す。

「なんだ、もっと食べたかったか？」

「……そういうわけじゃ……」

じっと焼き菓子を見つめて、なにやらもじもじとしている。

「うん？」

ルドガーは一口かじって、味を確かめるように咀嚼してから、もう一度彼女の口へと近づける。

同じ食べ物を分け合うのは親しい間柄でしかしない。口をつけたものだから、なおさら恥ずかしがっているのだろう。とはいえ、もはや二人は夫婦で、食べさせっこ以上に濃密な触れ合いだって何度もしているというのに。

「もう一口食べてみろ。ほら」

目の前で焼き菓子を揺らしてやると、やっと決心がついたのだろう。控えめにかじって食べた。

こくんと呑みこんだところで、ヴィルヘルミーナはやっと落ち着いた素振りで微笑む。

「……ありがとう」

「いいや。そうだ。ミーナがよければなんだが」

「なあに？」

「時々でいいから、これからもさっきみたいに俺にケーキを食べさせてくれないか？」

ウィンクしながらのルドガーの言葉に、ヴィルヘルミーナは止まる。けれどすぐに、つん、と澄ましたような表情を作った。

「仕方ないわね。食べさせてあげないこともないわ」

「ああ、頼む」

そう答えたところで、二人は顔を見合わせてどちらからともなく笑い始めた。

「ブレスレットを選ぶのに時間がかかったからな。足が疲れてるだろう。のんびりしていこう」

「ええ、そうね」

頷き合って、和やかなティータイムを過ごしたのだった。

＊＊＊

そのあとのヴィルヘルミーナのやりたいことは、どれもささいなものばかりだった。しかも今までやったことがあるようなものも多い。

エスコートは手を乗せるのではなく、腕を組んで歩くこと。アクセサリーをルドガーにつけてもらうこと。これに関してはルドガーがブレスレットをつけたときに叶っている。他には今はできないが、仕立てるドレスのデザインを一緒に選んで欲しいだとか、同じ意匠の夜会服を仕立てるだとかだ。それらは全て、初々しい恋人同士や婚約者同士が行うことばかりだった。

夕暮れどきになり、今日できる最後の『やりたいこと』は庭園での散歩デートだった。これも結婚する前に王都にある庭園でしたことがある。けれど、この夕暮れどきにやるというのが重要らしい。その理由がわかっていて、ルドガーはあえて言及しないでいた。

この街の中央には、花の季節だけ解放されている庭園がある。ヴィルヘルミーナは帰り道にその庭園での散歩を選んだ。日が暮れ始めた庭園には、オレンジの光が満ちて植木と二人の濃い影を落としている。

「今日は楽しめたか？」

腕を組んで歩きながらルドガーは尋ねる。この庭園を抜けた先に、迎えの馬車がくる予定だ。

「ええ。色々とありがとう。……ルドは、同じようなことばかりで珍しいことじゃなかったかもしれないけれど……わたくしは、ずっとしてみたかったことばかりなの」

「珍しくない？」

おうむ返しに聞けば、ヴィルヘルミーナは苦笑した。

「だってルドはデートなんかたくさんしてきたでしょう……。アクセサリーを選んだり、腕を、組んだりなんて……」

それは過去の女誑《たら》し時代への苦言だ。とはいえ、である。

「何を言ってる。今日やったことなんかほぼ全部、ミーナとしかしたことないぞ」

「うそ」

即座に否定されて、胡乱な目を向けられた。

「さすがにエスコートはしたことあるが……」

「それ以外だって、アクセサリーを買って贈るくらい、したことがあるでしょう?」

「いや、ないな」

言下に首を振る。しかし、ヴィルヘルミーナから向けられるのは疑わしそうな目だ。

「どうも勘違いしてるみたいだが、俺は貴族同士の節度のある付き合いしかしたことがないぞ。その……確かに娼館には行ったことはあるが……」

咳払いをして、ルドガーは背筋を伸ばし直す。

「手の甲への口づけは、唇を触れさせたことなんかないし、エスコートに俺から腕を組もうとしたことはない。男女の仲になるような接触はしてないぞ」

「うそだわ。わたくしと初めてデートに行ったときは……」

ヴィルヘルミーナはここで声を小さくした。

「すぐに口づけだって、その先……だって……」

自分で言っておいて、ヴィルヘルミーナはかあっと頬を赤らめる。

「とっとにかく、他の令嬢にも接触や贈り物とかしてたんでしょう?」

「してない」

「でも」

「他の貴族がどうしてるのかはお祭しだがな。俺はしてない。贈り物をするのは、それなりに意味があるのはお前も知ってるだろう。腕を組むのだってな。婚約をするならいいんだろうが、そうでないならトラブルの元でしかない」

ヴィルヘルミーナが言い募ろうとしたのを遮って、ルドガーは一息に話す。デートの中で装飾品を見立ててやるのだって、気があるのだと誤解を与えかねない。ルドガーが他の令嬢と会っていた頃、彼はただひたすらに庭園を歩いてのデートをしたり、お茶をしたりするだけだったのだ。そもそも令嬢たちとそれ以上のことをしたいと思ったことはない。

「トラブル……。トラブルを、避けるため、だけ……？」

「いや。基本的に深い仲になるつもりがなかったからだな」

「どうして？」

「どうしてだと思う？」

そんなもの、心の奥底ではヴィルヘルミーナしか求めていなかったからに決まっている。娼婦を抱いたってその快楽に夢中になったりなんかしなかった。どんな美人の令嬢に告白されようと本気にならなかったのはそのせいだ。

ルドガーをかき乱すのは、ヴィルヘルミーナ、ただ一人だけ。

それをすでに知っているはずの妻に問いかけて、ルドガーは目を細める。ついでに頬を撫でてやれば、ヴィルヘルミーナはようやくそのことに思い至ったらしい。

「わ、わからないわ！」

「そうか？　ああ、あとこんな夕暮れに一緒に出歩いているのもミーナ、お前が初めてだ」

もうヴィルヘルミーナは「どうして」と尋ねない。だが、ルドガーはあえて続けた。

「夜を共に過ごしたい相手としか、夕暮れの逢瀬はしないものだろう？」

「………………わかったわ。わたくしが悪かったからもうやめて」

恥ずかしそうに彼女は呻く。この夕暮れの散歩デートをヴィルヘルミーナがやりたいと言い出した理由。それは平たくいえば『夜を共に過ごせる親密な仲でありたい』という意味だったのだろう。

以前、庭園でのデートをしたときには、ルドガーは『節度』を守るつもりで接していた。だが、今はそれでは満足できないというヴィルヘルミーナの想いがこの夕暮れの庭園デートを実現させている。二人はもう夫婦なのに、いちいち可愛らしいことである。そんな妻に対して、意地悪な夫はなおも追い打ちをかける。

「ん？　俺が好きなのはお前だけなんだって、本当に伝わっているのか？」

「ルド！」

羞恥の悲鳴をあげたヴィルヘルミーナに、ルドガーはくつくつと喉を鳴らす。しかしすぐに笑いを納めた。

「そうだ、ミーナ。俺もやりたいことがあるんだ」

「……なあに？」

むぅっと口を尖らせたままヴィルヘルミーナはちらりとルドガーを見る。それで歩みを止めた彼はヴィルヘルミーナと向き合った。ちょうど庭園の中央あたりだ。少し前まではちらほらと他の者がいたが、今はもういない。日暮れ直前なのでほとんど帰ったのだろう。

「正確には『やりなおしたいこと』だな」

「何を？」

「してもいいか？」

「……今？」

「できれば今だ」

まっすぐに彼女を見つめる。悩むように一瞬目をさまよわせたが、ヴィルヘルミーナはすぐに頷いた。

「いいわ」

「ミーナ」

了承の返事を合図に、ルドガーは腕を解く。そしてヴィルヘルミーナの手をとって、その場に跪いた。

「……ルド？」

「この手に口づける権利が欲しい」

ルドガーの台詞に、ヴィルヘルミーナは息を呑む。膝をついてそのように請うことは、とある有名な意味がある。彼女はすぐそれに思い至ったのだろう。

「俺はお前が好きだ。親が決めたこととはいえ、婚約を受け入れてくれて嬉しかった。一生かけて幸せにするから、俺にミーナのこの先の時間をくれないか？」

ルドガーは愛を告げる。それは本来なら婚約よりも前に伝えたかった言葉だ。

挨拶をしたいだけなら、『挨拶をしてもよろしいですか？』と尋ねればいいだけで、跪く必要もない。あえて権利を乞うのは、手の甲に唇を触れさせる親密な仲になりたいという古風なプロポーズだ。今でこそ付き合っただけでは婚約には至らないが、その昔は恋人になるということは結婚することと同義だった。親密な仲になりたいと告白をするのは、一生の契りを示唆するのである。

（もう夫婦なんだがな……）

あまりにも初恋の自覚が遅かったせいで、ルドガーは正式な告白の機会を失ってしまった。そして、ヴィルヘルミーナが記憶を失ったことにより、プロポーズさえきちんとしていなかったのだ。

想いを確かめあって以降、婚約している二人が結婚するということはあまりに当たり前すぎた。都度愛を囁いていたし、全身で気持ちを伝えてはいた。ヴィルヘルミーナだって、応えてくれていたからこそ今がある。それでもルドガーはきちんとしたプロポーズの言葉を伝えていなかったのが、ずっと心残りだった。だからといってプロポーズする機会もなかったのだが、『やりなおしのデート』ならばふさわしいだろう。

言葉を切ってルドガーは反応を待つ。息が止まったかのように、ヴィルヘルミーナはぽかんとしていた。そんな彼女の反応に、わずかながらルドガーに緊張が走る。

デートの終わりもいよいよ近い。新婚夫婦をオレンジ色の光が包んだ。夕日に染まった彼女の横顔は、不意にくしゃりと歪んで、眉尻が下がる。けれど、口元は笑っていた。

「……ばかね。わたくし、もうあなたに全てを捧げているわ？　責任をとってくれなきゃ、承知しないんだから」

うっすらと涙を浮かべたヴィルヘルミーナが、そんな言葉を紡ぐ。彼女らしい了承だった。

「ああ。任せろ」

手の甲に口づけてから、ルドガーは立ちあがる。そうしてヴィルヘルミーナを抱きしめた。

「キスしてもいいか？」

「……人に見られるわ」

そうは言ったものの、彼らの周囲には誰もいない。しかも太陽はさらに傾いて、徐々に辺りを暗くしていく。

「人がいないからいい、ってことだな」

「……ん」

反論しようとした彼女の唇をついばんで封じる。そしてすぐにもう一度重ねれば、ヴィルヘルミーナの舌が差し出されて、深く求めてくる。

「……プロポーズなんて、されると思ってなかったわ」

エメラルドの瞳を揺らしながらヴィルヘルミーナは呟く。その間近に迫った唇をさらに求めそうになって、ルドガーはかろうじて思いとどまった。

「そうだな。俺も、ミーナと同じで『やりなおしたいこと』が結構あるんだ」

「まだ他にもあるの？」

「ああ。さっそく今からやれることなんだが、してもいいか？」

「……変なことじゃないなら」

疑り深そうな目で見てくるヴィルヘルミーナに、ルドガーはにっと笑ってみせる。

「なに、普通のことだ」

「きゃっ!?」

そう言いながら、ルドガーはヴィルヘルミーナの身体を横抱きに抱きあげた。

「ルド、おろして……」

「そろそろ足が疲れてきた頃だろう」

「今日は歩きやすい靴を履いてきたのよ？　だから馬車まで歩けるわ」

確かに彼女の言葉通り、歩きやすい靴ではある。しかもたびたび休憩はとっていた。とはいえ、彼女は普段は長距離を歩くことのない貴族令嬢だ。疲れが溜まっていることは間違いないだろう。

「そうは言ってもな。これは初デートのやりなおしなんだ。お前と一緒にいられることに浮かれすぎて、足を痛めてるのにも気づけなかったことをやりなおしたい。……今は足がだるいんじゃないのか？　そのまま歩き続けていたら足をひねるかもしれないぞ。それに今朝も一度転んでいるんだ。本当は朝から抱きかかえて歩きたかったが、さすがにいやだろう？　もう帰るだけだからな。わがままを聞くと思って俺に運ばれておいてくれ」

まくしたてる勢いに気圧されたのか、ヴィルヘルミーナは口を挟めない。

「……わかったわ」

拗ねたような口調だったのは、照れ隠しなのかもしれない。あるいは想像以上に転んだことに対して心配をかけていたのがわかって、甘えることにしたのか。いずれにせよ、ヴィルヘルミーナは大人しく抱かれている。

そうしてルドガーは庭園を進む。なんとなく黙りこんでしまったヴィルヘルミーナを愛しく思いながら。

「そうだ、ミーナ。宿に戻ったらもう一つやりたいことを思い出したんだが、いいか？」

「……いいけど……」

(内容を聞かずに返事をするなんてな)

彼女のうかつさに笑いをかみ殺しつつ、ルドガーは「助かる」と答えてまた歩く。それから庭園を出たすぐのところで、迎えの馬車に乗りこんだのだった。

＊＊＊

ルドガーたちは馬車に乗りこんで、無事に宿へと戻ってきた。新婚旅行ということで、宿はグレードのよいものを選んでいる。寝室とリビング、そして大きなバスタブのついた浴室つきの部屋だ。

リビングに夕食を準備され、それを食べている間にバスタブに湯が張られている。そうして入浴の準備が整ったところで、ダイニングテーブルについたままルドガーはこう言った。

「エルマ、今夜の風呂は俺とミーナの二人きりで入りたいんだが、構わないか？」

ルドガーが話しかけたのは、ヴィルヘルミーナ専属メイドのエルマだ。夫婦水入らずだった昼間と違って、宿ではエルマがつきっきりである。

こんな問いをされたエルマは、内心驚いただろう。だがベテランのメイドらしく、ルドガーにはその感情を顔には見せなかった。平時と同じ表情のまま、ヴィルヘルミーナを窺う。

「おじょ……奥様、どうさないます？」

やはり動揺は抑えきれなかったらしい。初夜のあとから、徹底してヴィルヘルミーナを『奥様』と呼んでいたのが崩れている。

「待って……」

ぱっと手をあげたヴィルヘルミーナは、エルマへの返事を保留する。代わりにルドガーの顔を見た。

「まさか、やりたいことって……一緒にお風呂に入ることなの？」

「正確には少し違うな。怪我がないかどうかきちんと検分しながら、ミーナの身体を洗ってやりたいんだ」

「それは、エルマの仕事ではないかしら……それに怪我はないわ」

指摘はもっともである。現に昨夜の入浴の介助はいつも通りエルマがしていたのだ。だから当然今夜もエルマがその役割を担うべきだろう。だが、ルドガーは引き下がる気など毛頭ない。

「エルマはレディースメイドだろう？　俺は騎士として怪我には彼女より詳しい。今日は転んだんだ。どこも怪我はないと言っていたが、全身くまなく調べないとわからないだろう」

「お嬢様！　転ばれたんですか⁉」

エルマが血相を変える。

「そうなんだ、エルマ。じっくり調べたほうがいいと思わないか？」

「確かに……ダールベルク様にお任せしたほうがいいかもしれません」

「それはお風呂じゃなくていいんじゃないかしら」

再度まっとうな指摘をしたヴィルヘルミーナが顔を曇らせる。肌を合わせていても、入浴は恥ずかしい。彼女が抵抗を示すのは、そういうことだろう。

「そこは風呂を済ませて一石二鳥というやつだ。それにミーナ。ちょっと立ってみろ」

立ちあがったルドガーはヴィルヘルミーナの椅子をひいてやるべく傍に立つ。

「……どうし……きゃっ⁉」

怪訝そうな顔をしながら腰を浮かせたその瞬間だった。彼女の足の力がかくん、と抜ける。その身体をルドガーが難なく支えて、椅子に座らせなおした。

「やっぱり気づいてなかったか。お前、昼間の疲れがきてるんだよ」

馬車から部屋までは、ルドガーが腰を支えていたから平気だったのだろう。食事をとっている間に疲れが回って、足が立たなくなっている。

「歩けないお前の風呂の介助をエルマ一人にさせるのは無理だろ」

「そんな……」

羞恥で頬を染めたヴィルヘルミーナは呆然と呟く。

「ダールベルク様、よろしくお願いいたします」

「決まりだな」

深々と頭を下げたエルマの言葉によって、ヴィルヘルミーナの抵抗は虚しくも無駄になったのであった。

そのあとすぐ、エルマはヴィルヘルミーナの寝衣を用意してくれた。それからもう仕事はないので、宿の部屋に下がってもらう。ルドガーは彼女を横抱きで浴室に連れて行き、二人きりになった。

手際よくヴィルヘルミーナの服を脱がせてから、ルドガーは自分もさっと脱いで裸体を晒す。

「洗ってくれるからといって……ルドが脱ぐ必要はないんじゃないかしら……」

「いや？　俺も脱がないと服が濡れるからな」

なんでもないふうに答えた彼は、恥ずかしそうに肌を隠す彼女を容赦なく抱きあげて浴槽に入った。

「でも……えっ」

ルドガーはそのまま浴槽に腰を下ろして、ヴィルヘルミーナを後ろから抱きこんで膝に乗せる。

浅めにしか張ってなかった湯は、二人が浸かったおかげで胸元近くまで水位が高くなった。

「ど、どうしてこんな体勢なの？」

「このほうが洗いやすいだろう」

「……そう、なのかしら……」

明らかに洗いにくい。考えるまでもない。それに普段の入浴の介助のときに、エルマにこんな体勢を取られたことなどないだろうに。けれども、そわそわとしてはいるものの、ヴィルヘルミーナはなんだかんだ言いなりだ。暴れたりはしないでルドガーの次の行動を待っている。

(まったく、可愛くてしょうがないやつだな)

悪戯心が芽生えそうだったが、まずは約束通り身体を洗ってやることにする。髪留めを解けば、キャラメル色の髪がするんと落ちて、湯舟に浸かった。浴槽のすぐ傍に置いてある洗面器を手に取り、ルドガーは軽く湯をすくう。

「ミーナ、俺の肩に頭を預けられるか?」

「こう……?」

ぽす、と頭が乗る。ちょうどヴィルヘルミーナが上を向いた状態になった。

「それでいい。湯をかけるぞ」

「ええ」

答えながらきゅっと目を閉じる。その額に片手を乗せてやりながら、ルドガーは髪に湯を垂らしてやる。それを何度かくりかえして髪を濡らし終わると、洗面器を置いた。

「触るぞ」

「ん……」

両手を頭に沿わせて、地肌をなぞり優しくマッサージする。湯舟にはシャボン液が混ぜられているから、やっているうちに髪に泡がたってきた。地肌から髪を掬い取るように柔らかな毛先を梳いていくと、ヴィルヘルミーナはくすぐったさにか、身体を震わせた。

「……痛くないか？」

「ええ……」

「ならいい。……綺麗な髪だな」

濡れた束を梳きながらルドガーは呟く。

「ん……」

ルドガーの指がヴィルヘルミーナの頭の地肌を揉むたびに、彼女はぴくぴくと跳ねている。小さく吐息を漏らしているようだが、あえてルドガーは聞こえないふりをした。

（どこを触っても敏感なのか。……いや。洗おう）

ひとしきり髪を撫でつけたあとに、ひとまとめにして髪の束をおろしておく。それからヴィルヘルミーナの腕を取った。

「そういえばグローブの下を見せてくれていなかったな」

「あ」

ヴィルヘルミーナの両腕をためつすがめつ確認して、ルドガーは安堵の息を吐く。

「グローブが破れたのは災難だったが……見たところ手に怪我はなかったようでよかった」

「だから大丈夫って言ってるじゃない」

文句を言う彼女の声音は、どこか艶を帯びている。

（最初は少しだけからかって、ちゃんと洗ってやるだけのつもりだったが……これでちょっかいを

かけるなっていうほうが無理か）

「いいや、全部触りながら確認しないとわからないだろう？」

にやっと笑って、ルドガーは指先からくにくにとマッサージを始めた。

「触りながらって……なんだかいやらしい触り方をしていない？」

文句を言うためにヴィルヘルミーナが振り返った。その唇を軽くついばんでやる。

「そんなことない。指や腕の動きがおかしくないか、触って痛いところがないか調べないといけないからな」

「だって……ん……」

口づけられたことよりも、腕をやわやわと揉みこまれているほうに意識がいくのだろう。ヴィルヘルミーナは小さな吐息を漏らしながらこらえている。その肩が震えていて、彼女の胎の奥に、湯の熱さとは別の何かを募らせているのは筒抜けだ。もっとも、それも狙ってはいるから思惑通りである。

「ここはどうだ？」

「ひゃんっ」

脇をク、と軽く押してやる。普段ならくすぐったいと思うところだろう。だが、今の声は明らかに色を帯びている。

「疲れていると、ここが痛くなることもあるらしいが……どうだ？」

「い、たくない……ん……なんか、むずむずするから、やめて……？」

ルドガーの肩に後頭部を預けたヴィルヘルミーナは、身体から力が抜けたのだろう。ずるりと滑り落ちそうだ。

「そうか。じゃあ、腰は痛くないか？」

手を両脇から、ぬるぬると滑らせて脇腹、腰へと下ろす。指先でわずかに揉みこみながら動かすと、ヴィルヘルミーナはまたも肩を震わせた。

「んん……ねえっし、調べるなら、ちゃんとして……」

「ちゃんとしてるだろう。痛くないようだな。足は……」

「ふ……ぅ……」

太ももをすりすりと撫でる。それから足を曲げさせてから、膝を指先でくすぐった。

「あ……っ」

「問題なさそうだな？　じゃあ身体を洗うか」

「え、ルド……んっ」

足裏に指を這わせて、指のつけ根をくにくにと揉みこみながらこする。

「これは洗ってないんじゃ……」

「ああ。洗いながらマッサージしてる。たくさん歩いた足は労わってやらないとな」

ヴィルヘルミーナは足を引くようなそぶりを見せる。けれどもちろんルドガーは逃がさない。

「揉んでも痛くはないだろう？」

「そうだけど……んっ」

さほど力はこめていない。柔らかに筋をなぞって、揉みこんでいるだけだ。なのにヴィルヘルミーナはやはり小さく声をあげている。

「……気持ちいいか?」

「ふ……っぁ」

耳元で、低く小さく囁く。吐息が触れるのがくすぐったいのだろう。彼女はぴくんと震えて文句を口にした。

「変な……触り方、しないで……お風呂、だから……んん」

「気持ちよくないか? なら、これならどうだ?」

「あっ」

ぬるぅっと手を滑らせて、膝裏を揉むのに切り替える。ヴィルヘルミーナの華奢な足は、ルドガーなら片手でつかめる。掌全体で太ももを包みこんで、膝裏から足のつけ根へと血流を促す形に撫でてやった。内腿を小指で少し掠めるように動かしてやれば、湯の中で何かがぬめって指先を汚したのがわかる。くりかえしさすっても、もう彼女は声をこらえるので精一杯らしい。

(俺が悪戯してるってわかってるだろうにな)

なのにヴィルヘルミーナは暴れない。それは彼女がルドガーを受け入れてくれているからだ。そんな些細なことが嬉しくてたまらなかった。脱力して肩に預けられたままの彼女の額に、軽く口づける。

「揉むのがいやなら、他のところを洗うか」

「お願い……」

そう請うたことをすぐに後悔するはめになるだろう。ルドガーは尻を撫でてお腹へと手を伸ばし、そして。

「やっぁんんっ」

豊かな膨らみを二つ、両手で包みこむ。形を確かめるように掌を動かすが、決して真ん中には触れない。揉んですらいないのに、身体のあちこちをさすられたヴィルヘルミーナは敏感だ。

嬌声をあげたのが恥ずかしかったのか、とっさに口を押さえる。

「もうっルド……！　やめ……んっぅ……」

「ちゃんと洗ってるだろう？」

シャボン液で濡れた手で、ぬるぬると胸をさすっているだけ。それでも今の彼女には愛撫だ。

「でも……」

「ここは念入りに洗おうな？」

「んぁっ」

すでに尖っていた中央を、指の腹でくすぐってやる。湯をすくってかけてはぬりゅぬりゅと滑らせた。

「や、ぁあ……る、ど……だめ……んっんっこれぇ……や、らしい……！」

「風呂でやるからだめなのか？　それともいつも通り『気持ちいいからだめ』なのか？」

「ばかぁ……！　ぁっこれ……もう……ふぁっお、風呂で……こんな……」

「そうだな。お前が可愛くてついしたくなる」

ついに悪戯であることを認めて、ルドガーは笑う。首筋に唇を落として、強く吸った。それを合図に、胸を弄っていたのを本格的な愛撫へと変える。指で尖りをつまんで、こりこりと転がしてこねた。さらに片手は下腹部へと伸ばしてわずかに開いた股へとやる。

「濡れてるな？」

「んぅっ……お湯、だわ」

「そうか？　こんなにぬるぬるしてるのに？」

「ひぁんっ」

ルドガーの指先が、柔らかな花弁を開く。そのひだにまとわりついたぬめりをこそげ取ろうと動かすが、一向に消えない。それどころか増やすように、花芯を指の腹でぐにゅ、と押しこんだ。二本指で挟んで前後させれば、腰を跳ねさせてヴィルヘルミーナがよがる。

中に指を挿《い》れなくたってわかる。もはや彼女の内側はとろとろになって、うねっているのだろう。

「や、ぁあ……こんな、とこで……だめぇ……」

立ちあがって逃げればいい。だが彼女はそうしないで、ルドガーに押しつけるかのように腰を揺らしている。そのわずかな動きで泡立った湯に波がたつ。

「安心しろ、お前を気持ちよくするだけだ」

「でも……んんっ、当たってる……」

よじって動いたお尻が、ルドガーの股を刺激する。彼女の指摘通り、ルドガーの下半身にも熱が集まっていた。意図的なのか、尻たぶがこすってきて煽られる。

「この、体勢……苦しくないの？　は、ぁん……」

もはや愛撫をされることには文句を言わないで、ルドガーを気遣ってくる。

「ああ。じゃあ、こうしよう」

ヴィルヘルミーナの腰をわずかに持ちあげて、股を開かせる。するとその間に屹立した男根が現れた。

「あ……」

湯が泡立っているせいで見えづらいが、怒張が目に入ったのだろう。ヴィルヘルミーナは股のあたりを凝視している。しかも、肉棒は割れ目を覆う形にぴったりとくっついていた。血管の浮いた竿はぴくぴく揺れていて実にいやらしい。

（びしょびしょすぎて、油断すると中に入りそうだな……）

「これなら問題ない」

「ルド……んぁっだ、めぇ……！」

そのままヴィルヘルミーナの腰を揺らしてやり、割れ目をひっかいて穂先を滑らせる。入りそうで入らないところを責めつつ、肉芽を指で弄ってやった。愛撫でいよいよヴィルヘルミーナの嬌声が高くひっきりなしになる。寝室よりも音が響きやすい浴室の中では、ぱしゃぱしゃと湯が波打つ音と、彼女のよがり声がいつもよりも大きく反響していた。

（気持ちよさそうだな）

いつもとシチュエーションが違うこともあいまって、普段よりも彼女が乱れているみたいに感じる。

しばらく弄って股を擦っているうちに、次第にヴィルヘルミーナの太ももに力がこもってきた。ぎゅっと足を閉じて、喘ぎ声が悲鳴のようになる。

「やっぁあっだ、めぇえっんぁあっ」

「こうなることは、わかってただろう。大丈夫だ、最後まではしないからな」

「だって、んんっだ、って……や、ぁああっ」

首を振っていやいやする彼女の胸をさらに虐めてやれば、一際高い声をあげた。背を弓なりにのけぞらせ、びくびくと内腿を震わせてヴィルヘルミーナが硬直している。

「イったな」

穏やかに呟いてゆっくりと肉芽から指を離し、後ろからそのまま抱きしめた。絶頂が治まったらしいヴィルヘルミーナは、浅く呼吸をしている。軽く目を閉じているのが艶めかしいが、それは快感の余韻よりも疲れのほうが強いのだろう。

（調子に乗ってやりすぎたか……）

「流してあがるか」

「終わり、なの……？」

うっすらと疲労を帯びた様子で、ヴィルヘルミーナが問う。

「ああ。最後まではしないって言っただろう？」

「ん……」

ヴィルヘルミーナは身をよじって、困り顔を見せた。

「どうした？」

「ルド……でも、その……」

「今日はずっと歩いて疲れただろう」

「わかってるの……わかってるんだけど……」

のぼせたふうにヴィルヘルミーナは呟いて、その先を言うのをためらったのだろう。そっとルドガーの手を取って、自らの下腹部へと導いた。その傍にはまだ、猛ったままの男根がある。

「ここ……奥に、欲しい、の……」

蚊の鳴くような声だ。頬は羞恥に染まっている。けれども、ヴィルヘルミーナは欲を抑えられないらしい。ルドガーの手を離すつもりはないようで、さらに下生えのほうへと彼を導こうとする。

直接的すぎるおねだりに、肉棒がぐっと硬度を増した。

（クソ……またこいつは煽って……）

「……明日もあるんだから、これ以上したら足腰が立たなくなるぞ」

ぎりぎりで奥歯を噛みしめて、ルドガーはなんとかそう言う。新婚旅行はまだ明日もあるのだ。

夕食のあとに足の力の抜けていた彼女を思えば、無理はさせられない。今だってもともとは、じっくりと洗って体を検分してやるだけのつもりだった。愛撫してイかせる気もなかったのに、つい悪ノリをしすぎたと反省しているくらいだ。

「でも……」

ヴィルヘルミーナは眉尻を下げて、今にも泣きそうな顔になる。

「昨夜も、最後までシてないわ。ルドが欲しいのに」

身体を反転させた彼女はそう言って、口づけをしてきた。必死に舌を絡めてきて、腕がルドガーの首に回される。無意識なのか、胸を押しつけてさえいた。

「……だめ？」

ひとしきり口を深く求めてから、ヴィルヘルミーナはとろんと潤んだ瞳でダメ押しの問いかけをしてくる。

（これを拒める男なんていないだろう……）

愛する妻にこんないじらしいおねだりをされれば、もう白旗を揚げざるを得ない。

「お前というやつはまったく……」

深い息を吐くと、ルドガーは妻の唇をついばむ。

「明日の朝はベッドで過ごす覚悟をしろよ」

言い放つや否や、ルドガーはヴィルヘルミーナを抱えあげて、ベッドへと直行する。そうして可愛くもいやらしいことを我慢できない新妻を、散々に責め立ててやったのだった。

その後、激しい情事を終えてヴィルヘルミーナは疲労でとろとろと眠りにつきそうになっていた。けれど、ふと何かを思い出したように夫の顔を窺う。

「そういえば……どうして、お風呂で怪我がないかを調べるのがやりたいことだったの……？」

「ああ。前にミーナの身体を調べたときは、俺は寝ぼけていたからな。ちゃんとやりなおしてしっかり堪能したかったんだ」

「……最初からお風呂にちゃんと入る気なんてなかったんじゃない」

「いいや、最後までする気はなかったぞ？」

「どうかしら」

呆れた声が返ってきたものの、ヴィルヘルミーナの口元は微笑んでいる。きゅっとルドガーに抱き着いた。

「ん？」

「あのね……わたくしも、ずっとやりたかったこと……今するわ」

「おやすみなさい、ルド」

彼の胸板に囁いて満足げに目元を緩めると、うっとりと瞼を閉じた。

「……寝る前の挨拶か？」

「ええ。だって……ベッドで『おやすみ』は……『奥さん』じゃないとできないでしょう……？」

言葉も切れ切れにヴィルヘルミーナは呟く。

「……そう、か。……ミーナ？」

それは、ずいぶんと前から彼女がルドガーと結婚したいと思っていてくれたということだろう。

それを無自覚に告白したヴィルヘルミーナは、もう夢の中に落ちたらしい。すうすうと寝息をたてて、返事をしなかった。

「……おやすみ、ミーナ。明日も明後日も……これからずっと、俺も言うよ」

つむじに口づけを落として囁き、ルドガーも目を閉じる。明日できるヴィルヘルミーナのやりたいことはなんだろうか。そんなことを考えながら、ルドガーも満ち足りた気持ちだ。

二人の新婚生活は始まったばかりである。これから先もきっと今日のようにときどき喧嘩することもあるだろう。けれど問題ない。二人は必ず仲直りをして共に夜を過ごし、抱き合って眠るのだ。

今夜からずっと、いい夢が見られそうだった。

この作品に対する皆様のご意見・ご感想をお待ちしております。

おハガキ・お手紙は以下の宛先にお送りください。

【宛先】

〒150-6019 東京都渋谷区恵比寿4-20-3 恵比寿ｶﾞｰﾃﾞﾝﾌﾟﾚｲｽﾀﾜｰ19F
（株）アルファポリス　書籍感想係

メールフォームでのご意見・ご感想は右のＱＲコードから、
あるいは以下のワードで検索をかけてください。

アルファポリス　書籍の感想　検索

ご感想はこちらから

本書は、「アルファポリス」（https://www.alphapolis.co.jp/）に掲載されていたものを、改稿、加筆のうえ、書籍化したものです。

不器用《ぶきよう》騎士様《きしさま》は記憶喪失《きおくそうしつ》の婚約者《こんやくしゃ》を逃《に》がさない

かべうち右近（かべうちうこん）

2024年12月25日初版発行

編集－本丸菜々
編集長－倉持真理
発行者－梶本雄介
発行所－株式会社アルファポリス
〒150-6019 東京都渋谷区恵比寿4-20-3 恵比寿ｶﾞｰﾃﾞﾝﾌﾟﾚｲｽﾀﾜｰ19F
TEL 03-6277-1601（営業） 03-6277-1602（編集）
URL https://www.alphapolis.co.jp/
発売元－株式会社星雲社（共同出版社・流通責任出版社）
〒112-0005 東京都文京区水道1-3-30
TEL 03-3868-3275
装丁イラスト－チドリアシ
装丁デザイン－AFTERGLOW
（レーベルフォーマットデザイン－團 夢見（imagejack））
印刷－中央精版印刷株式会社

価格はカバーに表示されてあります。

落丁乱丁の場合はアルファポリスまでご連絡ください。

送料は小社負担でお取り替えします。


ISBN978-4-434-34997-3 C0093